極甘社長と迷える子羊

高峰あいす

幻冬舎ルチル文庫

JN068693

CONTENTS ✦目次✦

極甘社長と迷える子羊

✦イラスト・榊 空也

✦カバーデザイン＝久保宏夏（omochi design）

✦ブックデザイン＝まるか工房

極甘社長と迷える子羊

桜川宙《さくらがわそら》が佐神英人《さがみひでと》という『憧れ』と出会ったのは、十一歳の時だ。

母親に勧められるまま物心つく前に芸能界入りしていた宙は、それまで順調に子役としてのキャリアを積んできていた。ドラマやCMにも端役ながら出演し、一時期は子ども向け番組のレギュラーも任されていたことを思えば、客観的に見てそれなりに実力も華もあったのだろう。けれど、当時はただ「お母さんが喜んでくれる」道を本能的に選んでいたに過ぎない。

そんなふうにただひたすら幼くて、仕事とプライベートの境界をあやふやにして忙しく過ごす中、宙の日々に大きな変化が訪れる。

まずは、五歳の頃。シングルマザーだった母が再婚して、新しく父と兄ができた。一歳年上の兄、望《のぞみ》は物静かな性格だが優しく聡明で、初めて会った日にすぐ好きになった。いつも仕事で留守がちな父とはあまり会話がなかったけれど、顔を合わせれば会えなかった間にあった出来事を次々と並べ、息せき切って報告するような宙の話を、うんうんと頷《うなず》きながら聞いてくれた。

二人とも大好きだったが、アクティブな母や、そんな母に褒めてもらえる自分と比べて大人《おとな》しく頼りないと感じていた。子ども心に『この人達を自分が支えてあげなくちゃ』と——そのときはただ純粋なだけの決意を、苦い痛みとともに思い出す。

元モデルの母と、子役タレントとして活躍する自分、仕事熱心な父。そしておっとりとして面倒見の良い兄。

外から見れば、絵に描いたように幸せな家族だっただろう。数年間に限っては、それは事実だったはずだ。

しかし十歳を過ぎた辺りから、次第に宙の周囲には不穏な空気が漂い始める。

仕事のオファーが、子どもの宙でも分かる勢いで減り始めたのだ。同時にそれまで優しくしてくれていたスタッフ達の態度は、面倒な相手をあしらうように素っ気ないものに変わっていった。

だが当時の宙はなにが起こっているのか理解できず、周囲の変わりように動揺した。

誰に相談することもできず、混乱したまま母が勧める大小さまざまなアイドルオーディションに挑戦しては、良いところまでは行くものの最終審査かその手前で落ちてしまう。焦れば焦るほど空回りをするばかりだった。

しかしオーディションに受からないこと以上に宙の気持ちを荒《すさ》ませたのは、母が兄の望に対して八つ当たりめいた言動を見せるようになったことだった。

更に最悪なことに「お母さんが喜んでくれる」ことばかりを常に選び取ってきた宙も、いつしか母を真似《まね》るようにして、どうしようもない苛立《いらだ》ちを望へとぶつけるようになっていった。

　そんなふうにドロドロの沼に足を取られたようで、どうすれば抜け出せるのかわからないまま藻掻《もが》いていた時、母がモデル時代に懇意にしていたというプロデューサーから、とある演劇のチケットを貰ってきた。

　これが、宙にとって、運命の出会いとなった。

　いつもなら母に連れられての観劇だっただろうが、高校時代の同窓会を優先した母に代わり急遽《きゅうきょ》、宙は兄の望と二人きりで出かけることになる。

　このところ酷い言葉や態度をぶつけてばかりだったせいで、どんな顔をすればいいのかわからず気まずい宙をよそに、兄は気にする様子もなくあれこれと普段どおりに世話を焼いてくれた。

「宙には才能があると思うんだ」

「すぐ傍で見ているからわかるよ」

「もっと勉強して、歌やダンス以外にもいろいろなことを身につければ、絶対たくさんの人に見てもらえるから！」

　そう真顔で断言すらしてくれる望に、いつから強張っていたのかもう思い出せないほどに固く軋んでいた宙の頬《ほお》が、泣きそうな形に歪《ゆが》んだ。

ちょっとだけ滲《にじ》んでしまった涙を兄に見えないように拭《ぬぐ》っているうちに、開幕を告げるアナウンスが流れ、照明が落とされた。

これまで生の演劇といえば、出演していたTV番組の一コーナーでの紹介に交えて連れて行かれた子ども向けミュージカルだけ。宙は初めて見る本格的な芝居に、瞬く間に引き込まれた。

まだ十一歳の宙には難しい台詞《せりふ》も多かったけれど、内容は十分理解できた。

胸がドキドキとうるさく高鳴る。

心臓が体の外側へ飛び出してしまうのではないかと不安になって隣に座る望を盗み見ると、彼もまた圧倒されたように見入っているようだった。

舞台上では華やかな衣装を纏《まと》った役者が、迫力ある立ち回りをしている。その台詞の全てを聞き逃さないよう宙は集中する。

『決して理解《わか》るまいな。お前が後生大事にする『善』が『偽善』に過ぎぬとは……。』

『そうだ、俺はその貌《かお》が見たかったのだ。絶望の淵を覗《のぞ》く、その瞬間の！』

『何をそのように泣くことがある？　果たしてお前の『善』が全きを得たのだ。いっそ快哉《かいさい》を叫ぶがいい！』

中でも悪役ながら存在感のある一人の役者に、宙は文字どおり心を奪われた。いつしか宙の視線は彼だけを追いかけ、彼の一挙一動に息を呑《の》む。

時に笑い、叫び、謎めいた表情で計略を巡らせる男。最後には主役に殺されることになるのだが、そのシーンで宙は悪役に感情移入をしてボロボロ泣いてしまった程だ。

シンプルな立方体がいくつか積み重ねられただけの舞台装置が、城塞だったり崖だったり、シーンごとに全く異なるものに見えることがすごく面白いと思った。

ほっそりと優しげな年配の女性がとんでもない暴君で、筋骨隆々で大柄な青年が神経質な政治家としか思えないのにもわくわくした。

けれど観劇後は、あの悪役のことで頭のなかどころか体じゅうがいっぱいだった。なのに何故か口に出せばこの素敵な感情が泡のように消えてしまう気がして、宙は宝物みたいに胸の中に仕舞って誰にも話さなかった。

悪役——佐神英人を見た瞬間、心の中のどこかが大きく震える気配がした。今も彼の姿を思い浮かべるだけで、胸が騒ぐ。

『憧れ』というのが一番近いだろうか。

でもそれだけではとても言い表せないと思う。

自分も兄も傷つけ続けるなら、子役なんてとっととと辞めてしまえばよかったのだろう。それでも、『いつか彼と同じ舞台に立てたら』という、遠く眩《まばゆ》い星に憧れるような思いが、宙を思い留《とど》まらせた。

けれど現実は厳しい。

事務所と母の勧めでアイドルオーディションを受け続けるが、ことごとく上手《うま》くいかない。

これまでのボイストレーニングに加えて、ダンスや歌唱のレッスン料が加算され、貯金を切り崩す生活が始まった。家庭内はますますぎくしゃくし、その歪みは兄への暴言という形で発散されるようになっていく。

思い返せば、どうして父は家に帰ってこないのか、そして何故母は望ばかりを責めるのか。おかしなことばかりなのに疑問すら感じなかったのは、宙自身が現実から目を背けたいという無意識の逃避があったせいだろう。

一度だけ宙は、母に『演劇を学びたい』と頼んだことがあった。しかし宙がアイドルになることに固執する母は、ただ一言『駄目』と笑顔で拒絶した。

その瞬間、宙の心に、母に対する不信感が生まれた。けれど、直視するのが怖くてあえて考えないようにその思考から逃げてしまった。つまり、母の言動に滲む違和感に、兄に対する暴言に、気づかない振りをし続けたのだ。

そうして兄は、ある日突然この居心地の悪い家から一人失踪する。

狡《ずる》い、ずるいずるい、大好きだったのに。あんなに応援してくれて、あれこれと世話を焼いてくれたのに。『すぐ傍で見ている』と言ったのに。全部ぜんぶ嘘《うそ》だったというのか。

母の暴言を止めなかった。あまつさえ母を真似ることとすらしたのに、宙は咄嗟《とっさ》に兄を『狡い』と思ってしまった。

酷い態度を取ってしまったことを棚に上げ、宙は心の中で兄を責めた。それほどまでに宙は追い詰められていたのだけれど、本人が理解することも、まして周囲の大人が気づくこともなかった。

そんな宙の心を支えたのが、佐神の存在だった。

ダンスやボーカルのレッスンなど、アイドルになることに直結しそうな動画以外の視聴を禁止する母に隠れ、宙は佐神の動画を見ていた。

深夜に布団《ふとん》を被《かぶ》り、未成年の宙がスマートフォンで見られる限りの佐神の姿を、繰り返し繰り返し見る。公演中の舞台の宣伝のためにとアップされた稽古場風景、ゲネプロの様子、実際の公演のワンシーン、共演者との座談会。

そうした無料配信動画の中には彼のインタビューもあって、舞台メイクをしていない素の彼も見ることができた。

日本人離れした彫りの深い顔立ちに、地毛だという淡い茶色の髪。常に穏やかな口調で話し、笑うと目尻《めじり》が下がり自分よりずっと年上なのに可愛《かわい》いと思った。

いつまでも見ていたくて、眠い目を擦《こす》って何度も再生ボタンをタップする。

けれど朝になれば母に連れられ、彼女が昔世話になったというプロデューサーや芸能人の元を連れ回される日々。殆《ほとん》どは門前払いで、二度と来るなと叱責されたことは数知れない。

それはそうだと思う。かつて世話した相手の、その子どもの面倒まで見なくてはならない道理はないだろう。母の期待の半分ほども良好な関係が築けていないようなのは宙の目にも明らかだったが、「もうやめよう」という精一杯の反抗の言葉は母の貼り付いたような笑顔に拒絶された。

いつしか宙は、所属する事務所の関係者やイベント興行会社の経営者だという人物、彼らの友人と名乗る得体の知れない大人達が催す席に呼び出され、コンパニオンのような役割を続け、それが正式な『仕事』となってしまう。

勿論アルコールの饗《きょう》される席だったが、宙と同じ年頃や更に年下にしか見えないスタッフもいる。宙たちが成年しているというのが偽りだと、パーティ参加者の誰もが織り込み済みだっただろう。要するにそういう場だった。

いつか佐神と同じ舞台に立てたら、という願いからは遠のいていくばかり。でも諦められなくて、一縷《いちる》の望みみたいに必死に『芸能界』にしがみつくしかなかった。

しかし、淡く燻《くすぶ》る希望が心から消えかけた時、宙のそれは唐突に叶《かな》ってしまう。

ずっとずっと憧れてきた、佐神英人——その人が所属する芸能事務所に誘われたのだ。夢ではないかと自分の頬を抓《つね》ってもみた。そんなの絶対、行きたいに決まっている！

アイドルにこだわる母は、最初は良い顔をしなかった。佐神の事務所は俳優業のマネジメントがメインで、しかも新興で規模も小さい。しかし佐神が根気強く説得してくれたお陰で、無事に移籍もすんだ。

勿論、いきなり全てが順調にとは行かなかったが、とある通信制高校のPR動画という単独の仕事を、宙は摑《つか》むことができた。

これからきっと、全てが良い方向に変わる。

なのに——壊れた。

自分の手で、全てを壊してしまった。

やっと摑んだ仕事を台無しにしたショックより、まるで自分のことのように喜んでくれていた佐神を落胆させてしまった現実に呆然《ぼうぜん》となる。

彼だけではない。所属する仲間と皆を支える事務方の面々、全員の笑顔が脳裏を過《よぎ》る。

——俺。佐神さんを……みんなを裏切ったんだ。

けれどどれだけ後悔しても、何も元には戻らない。

もし一時間前に戻れるなら、短絡的に行動するなと自分を殴ってでも止めていた。けれど現実は、淡々と前に進む。

「……宙君。何があったのか、話してくれるね？」

困ったような悲しいような、佐神の声。ソファに寄り添って座る佐神英人は、優しく宙を見つめている。

——どうして俺、佐神さんにこんな声、出させてるんだよ。

耐えきれず俯《うつむ》く宙に、マネージャーの富島《とみしま》が温かい紅茶を出してくれる。優しい人達をこれ以上困らせないためにも、全てを打ち明けなくてはならない。

宙は紅茶を一口飲むと、己の醜い気持ちから生じた浅はかな行動を話そうと口を開いた。

舞台俳優を生業《なりわい》にしている佐神英人は、『感情の起伏が少ない』と自覚している。国内外で名の知れた大企業の四男として生まれた佐神は、物心ついた頃には周囲から向けられる期待に応えられる振る舞いを身につけていた。出しゃばらず、大人達の言うことをよく聞き、愛嬌《あいきょう》のある四男。簡単に言ってしまえば、跡取り争いを複雑にしないよう、物わかりの良い四男であるべきと佐神自身も悟っていた。

そんな佐神を心配してくれたのは、他ならぬ家族だった。特に両親は、本来活発な佐神の性格を見抜き、『家に囚われず好きに生きなさい』と子どもにも分かるように言い続けてくれたのだ。

そんな後押しと近い身内に芸事に携わっている人間がいるという環境もあって、英人は友人に誘われて入った演劇部が直接の切っ掛けとなり、俳優を志すことを決意する。

だが、自分で将来を決定する意思は持てても、幼い頃から培われた周囲に合わせ取り繕《つくろ》う癖はそう簡単に消えない。

芸事の世界が、個性を発揮して生き抜いていかねばならない場であると考えれば致命的とも思える傾向だが、幸いなことに佐神は『物語を読み込み、人物像を組み立てる』技術に長《た》けていた。自己というまっさらなキャンバスの上に、考察し構築した『誰か』の人生を展開する——つまりはつかの間、他者として生きるのは楽しく、ごく自然に行うことができたのだ。

そういう意味で、佐神にとって俳優は天職と言えた。

これまで何不自由なく生きてきたし、二十九歳になる現在も好き勝手に生きている。俳優業を四男坊の一生の仕事とは考えていないらしい両親から、何度か『系列会社を幾つか任せようか』と打診されたこともある。しかし兄達ほど経営に向いているとは思えなかったので、その旨を丁寧に説明して断り、今に至る。

とはいえ、両親ほど甘くない兄達からの『それならばせめてマネジメントを他人に任せるな』という圧に負けて個人事務所を構えることにした。しかし運営自体は、優秀なスタッフ達にほぼ任せて自身は俳優業に専念している。

お陰で、現在では自身の知名度もそれなりに上がり、この魑魅魍魎《ちみもうりょう》の跋扈《ばっこ》する業界内でも俳優『佐神英人』としての存在感は確立していた。

佐神自ら共演者をスカウトしたり、現場を共にしたことはなくとも仕事ぶりを目にして声をかけることもある。直接面接して迎え入れたタレント達もそれぞれの得意分野で才を発揮しており、事務所としては小規模ながら軌道に乗ったと言える。

家の財力を揺るぎない足場にしながらも家の名に縛られることもなく自由に生き、好きな仕事も順調。

気の置けない友人からは、『恵まれすぎて妬む気も起きない』とからかわれる程だ。

けれど相変わらず、舞台から降りた素の自分が何ものにも心を動かされない。という悩みは消えず、この空虚な感覚を抱えて生きていかねばならないのかと覚悟を決めた頃、唐突に『運命』が目の前に現れたのだ。

出会いは、偶然だった。

自社タレントが出演していたアイドルオーディションの企画番組に、その少年はいた。

脚本ありきの企画なので、所謂《いわゆる》『出来レースをドキュメンタリー仕立てで撮る』というもの。佐神個人としては好きではない趣向だが、そこは業界のしがらみもあって断り切れなかった。

勿論《もちろん》、出演する自社タレントには事前に全てを説明し、演技の実践訓練のひとつと思って振る舞うよう指示をする。

そして迎えた収録当日。折しも自身の現場を終えたタイミングということもあり、佐神は自ら現場へ顔を出すことにした。

用意された控え室に向かう途中、その少年とすれ違ったのだ。

覇気のない暗い表情で、視線は足もとに向けられている。いくら出来レースとはいえ、こういった場にそぐわない雰囲気に思わず足を止める。

慌ただしく関係者が行き交っている中でも、彼は周囲に関心がないのか顔を上げようとしない。のろのろと歩く少年をマネージャーらしき男が小突くが、反抗する素振りもなかった。

いや、ぞんざいに扱われる状態に慣れて、諦めているのだ——とすぐに気づく。

悲しいことだが所属するタレントを雑に扱う事務所も存在するので、佐神は少年の置かれた境遇を不憫《ふびん》に思いはした。けれど男の態度を咎《とが》めれば、この場での態度は改善されても後で少年が辛く当たられることは想像に難くない。

佐神にできるのは、せめて第三者の目があるのだと男に意識させることくらいだ。

鋭い眼差《まなざ》しに気づいたのか、男は佐神に会釈をすると少年の肩を抱いて早々に立ち去る。

その姿が妙に癪《しゃく》に障った。そして同時に、ふと先日終わったばかりの舞台の台詞が脳裏に浮かぶ。

――生《い》け贄《にえ》の子羊……か。

しっかりと顔を見たわけでもないのに、どうしてか彼のことが頭から離れない。

暫《しばら》くしてオーディションが始まり、佐神は関係者用のパイプ椅子《いす》に座る。そして、その瞬間は何の前触れもなく訪れた。

「ソラです。よろしくお願いします！」

よく通る澄んだ声音に、全神経が震えた。

舞台上でしか感じたことのない、全身の血液が沸騰するような高揚感に佐神は息を呑む。

――あれは、さっきの子羊君？

一次選考の面接は、五人一組のグループで彼『ソラ』は二番手。

変わりように驚き、思わず椅子から立ち上がる。

仕事で来ていることも忘れて、佐神は文字どおり一瞬で魅入られた。

少し痩せ気味で雰囲気はダウナー寄り、それでも十分、彼は良い意味で目立っていた。隈《くま》を隠すためか似合わないメイクをしており、本来は可愛らしい顔立ちだと思われるのに妙にアンバランスなキツイ印象になってしまっているのが惜しい。

オーディションに来ているのは、出来レースとはいえ皆それなりに容姿端麗な者ばかりだ。中には大手企業のCMに出演している子役もいる。そういったある程度名の知れたタレントを大きく売り出すにあたり、箔《はく》をつける意味合いがこのオーディションにはあるのだろうと、納得したくないが理解はできた。

彼が簡単な自己紹介をして部屋を出ると、隣にいた顔見知りのスタッフが佐神にだけ聞こえるようにぼそりと告げる。

「あの子、所属事務所公認の盛り上げ要員なんですよ。期待させておいて落とすってヤツです。ガッカリ系の役は流石《さすが》に酷だから、仕込みでもあらかじめ教えておくんですけどね……あの子の事務所から『教えなくていい』って指示が出てるんですよ。鬼畜っすよね」

哀れみながらもどこか面白がる気持ちを抑えられないのか、口の端を上げているスタッフに、佐神は眉《まゆ》を顰《ひそ》める。

「何故、彼の事務所は、そんな無意味なことをするんだい？」

「より実際に近いリアクション演技が欲しいってオーダーに対して、先方から『それなら本

人には教えないのが一番リアルだろう』って。ここだけの話、あの子、保護者からの強烈なねじ込み参加らしくて。そんで事務所から雑に扱われてるのが可哀想《かわいそう》っちゃ可哀想なんすよね……。まあ、コッチとしてもマジで落ち込む画《え》が撮れるんなら、ラッキーですけど」

この業界には、様々な闇が存在する。それは英人自身も見聞きしてきたことで、今更驚く内容ではない。

自分の事務所で預かるタレント達はこういった事態に巻き込まれないよう細心の注意を払うが、当然ながら他社の事情にまで口は出せない。

挨拶だけのつもりで来ていた佐神だけれど、自社タレントが最終選考まで残る筋立てであることを理由にして、最後まで立ち会うことにした。

次の二次選考であるダンスと歌唱の基本テクニックも、荒削りだが申し分ない。何より佐神を驚かせたのは、三次選考の寸劇だ。

その場で台本を渡され、アドリブを含めた即興の演技をするワークショップのようなオーディション。

合格を確約されているタレント達にも、寸劇の台本までは事前に渡されていなかったのだろう。中途半端に『リアル』を取り入れた演出に内心苦笑しつつ、タレントの卵達を見回せば、案の定ほぼ全員が引きつった表情を浮かべていた。

そんな緊迫した空気の中、『ソラ』はただ一人全く怯《ひる》むことなく見事に演じ切った。

台本のセリフを短時間で見事に解釈した『ソラ』は、主人公が突然の別れを告げられた瞬間の虚を衝かれた表情、次の瞬間に過る羞恥、怒り、媚《こび》、落胆。内面から溢《あふ》れ出す感情のうねりを堂々と表現した。

佐神は相手役の候補者が呑まれてしまうのも致し方ない、と同情的な気持ちにすらなった。

——この子は本物だ。磨けば輝く、役者の原石だ。

そう佐神は確信する。自身が特別な舞台人だなんて思ってはいないが、見る目はあると自負している。しかしその冷静な観察眼とは異なるところが疼《うず》くように脈動し、常にない気持ちの昂《たかぶ》りを抑えられない。

そして、彼には知らされなかった筋書きどおりに最終選考が終わった。

全力を出し切った彼が打ちひしがれる様子を前に、胸が軋むように痛む。これもまた、自分には新鮮すぎる反応だった。

どうにかしてこの原石を事務所に迎えられないかと、オーディションを終えた彼の方へ無意識に足を踏み出したその時。マネージャーらしき男が乱暴に『ソラ』の腕を掴み、引きずるようにスタジオから出て行ってしまう。この機会を逃せば、『ソラ』に直接声をかけるためには偶然を待たなくてはならなくなる。

——追いかけて『佐神』の名を出してしまえば、目の前の原石を手に入れられる公算は高いが……。

しかしそんな強引なことをすれば業界内で要らぬ憶測を呼びかねない。それは延《ひ》いてはタレントとしての『ソラ』の将来に大きく影響を及ぼす可能性もあるだろう。正当な手順を踏み、正式に移籍をさせなければと、佐神は必死に感情を抑え込んだ。

佐神は相手事務所に好条件を提示して、『ソラ』——桜川宙の移籍に向けて交渉を開始したが良い返事は返ってこない。理由も知らされないまま、時間だけが過ぎていった。

苛立ちは募ったが、それでも、なにより宙の安全と将来のためと自分に言い聞かせ粘り強く交渉を続けた。

けれど、その理性的な判断が、誤りだったと程なく気づかされることとなる。

数カ月後、企画番組で選抜されたアイドルグループのデビューに合わせて、オーディション時のドキュメンタリーと銘打った番組が深夜に放映された。

丁度出演舞台が千秋楽を迎えた佐神は、打ち上げもそこそこに切り上げて自宅に戻り急いでテレビをつける。

深夜帯にしては高視聴率を叩《たた》き出すその番組の内容は、華やかなオープニングと相反して、佐神が想像していた以上に酷いものだった。

数日かけての撮影でも、実際にオンエアされる映像は一時間を切るなんてテレビではざらにある。更に今回のように最初から主役が決まっている企画ものでは、賑《にぎ》やかしの端役など殆ど映らない。

――それにしたって、これはあんまりだろう。

現場であれほど目を引いた宙のダンスや歌、そして演技の審査シーンはことごとくカットされていたのである。

それなのに、最終選考で宙が落とされる瞬間だけは、嫌がらせかと思うくらいアップで、何カットも撮られていた。

期待を持たせる演出の後、不合格だと告げられて立ち尽くす宙の姿は、彼を知らない視聴者でも見ていて気分の良いものではなかったはずだ。呆然としながらも必死に涙を堪《こら》える宙に、プロデューサーが重箱の隅をつつくようなダメ出しを続ける。

出来レースで合格したメンバーは、意気消沈する宙をよそに喜びを爆発させて笑い合う。

いくら脚本どおりとはいえ、胸の悪くなるような演出に佐神は拳を握りしめる。本当のオーディションだと信じて、精一杯の、しかもあれだけ見事な演技をした宙に対してこれは侮辱以外のなにものでもない。

――やはり、今の彼の事務所に任せておくわけにはいかない。彼を生け贄の子羊で終わらせてたまるか！

気づけば秘書兼マネージャーとして色々と動いてくれる富島に連絡を取り、『桜川宙』の引き抜きを急ぐよう指示をしていた。

初めて見た時から、彼を自らの事務所へ迎え入れる準備を進めてきた。しかしこの番組を見たことで、自分は手緩かったと思い知らされた。原石を手に入れたいという気持ちとは別に、自分の傍に置いて酷い目に遭わないようにしてやりたいという庇護欲を佐神は自覚する。

舞台上の役としてでなく、本心から己が誰かを思って、こんなにも切実な感情を抱えたのは初めてだった。

翌日、出社すると既に富島が報告書を揃《そろ》えて待っていた。そして佐神が予想していた以上の酷い内容に、文字どおり頭を抱える。

現在、宙には殆ど仕事らしい仕事は与えられていなかった。

あれだけ俳優としての資質があるのに、何故か事務所側は舞台やドラマのオーディションを頑《かたく》なに受けさせていない。代わりに良い噂《うわさ》を聞かないプロデューサー崩れとの会食ばかりをセッティングし、未成年の宙に深夜までコンパニオンまがいの接待をさせているという。

一方母親はそんな事務所に対して文句を言うわけでもなく、ただ傍観するのみ。どうやら母親は息子《むすこ》をアイドルにしたいようで、宙も母に言われるままアイドルを目指しているとプロフィールに記載されていた。

先日のオーディションも、宙の母が無理を言ってねじ込んだものだというあのスタッフの言葉が真実だと知る。

数年前までは子役として声がかかっていたが、事務所と母親がアイドル路線に絞ったため露出は減った。当然収入も減り、現在はネット配信で細々と収益を得ている状態だった。

そこまで報告を受けた佐神は、宙の事務所に移籍交渉の申し入れをしてもまともに取り合われず、躱され続けてきたこの数カ月の不可解さの正体をようやく悟る。

彼は事務所の看板アイドルを守るために差し出される役回りで、所属俳優とは名ばかりの待遇に追いやられていたのである。

要するに、宙は『飼い殺し』にあったのだ。

すぐに顧問弁護士を呼び、少々強引だが本格的な交渉に踏み切ることを伝える。

佐神の事務所は決して大きいとはいえないが、使えるコネを全て使えば強引な引き抜きは可能だ。現在と未来の所属タレント達に配慮してあまり突出した行動は慎むようにしていたが、周囲を気にする余裕は消えていた。

しかし、あれだけのらりくらり躱していたのは何だったのかと思うほどに、突然、相手事務所は宙の移籍交渉にあっさり応じる姿勢を見せた。

当然ながら、佐神は違約金としてそれなりの金額を積んだ。

それでも用意していた半額にも満たず落着し、正直なところ拍子抜けしてしまう。

後日知ったことだが、どうやら相手方はかなりの負債を抱えており宙を飼い殺しにして小銭を得るより移籍させてまとまった現金を得る方を有益と踏んだらしい。

——宙の真価にも気づかない、間抜けな連中だ。

宙は、磨けば確実に輝きを放つ才能だと佐神は確信している。その輝きを見抜けず酷い環境に置いた元事務所に苛立ちを覚えると同時に、あっさり手放してくれたことには内心感謝した。

何しろ桜川宙は契約前の初めての顔合わせの場に、たった一人でやってきたのである。マネージャーは別のタレントのオーディションに付き添っており、母親は以前世話になったという元アイドルの男性との食事会に出かけてしまったと言葉少なに話した。

その様子から、放置されることに慣れているとも倦《う》んでいるとも窺《うかが》えた。項垂《うなだ》れる宙からは、オーディションで見せた輝きは全く感じられなかった。

「よければ、ランチをしながら話をしようか？　お昼は食べた？」

「……まだ、です」

「近くにオムライスの美味《おい》しいお店があるんだ。アレルギーとか、嫌いなものある？」

「ありません」

緊張と怯《おび》えとが混ざり合った反応に、ますます胸が苦しくなる。佐神は少しでも彼の心を解《ほぐ》したくて、やや強引に外へ連れ出す。

落ち着いて話ができる、という観点でよく使う馴染《なじ》みの瀟洒《しょうしゃ》なカフェに向かった。

店主も佐神の顔を見ると、勝手知ったるとばかりにモンステラの大きな鉢植えが周囲の視線を遮る壁際のテーブルを用意してくれた。

「改めて、今日は来てくれてありがとう」

「いえ！　こ、こちらこそ？　です……」

落ち着かない様子ではあるものの、座る姿勢も、こちらを見つめる視線も真《ま》っ直《す》ぐで美しい。

「突然のことで驚かせてしまったかもしれない。でも、君の『役者』としての力を見込んで、ぜひうちでマネジメントさせてほしい」

「あの、こんなこと言って失礼じゃないといいんですが。今でも本当に信じられなくて。人違いとかじゃなくて、おれ――僕、で合ってますか？」

「うん。桜川宙君、君です」

「……っ、実は俺、佐神さんにずっと憧れてて！　子供の頃からファンで……だから、こんなお話いただいて、夢かなって……」

「夢じゃないよ」

なんとしても口説き落とす意気込みで来たから、彼が自分のファンだと言ってくれたのは嬉《うれ》しい誤算だった。

安心させるように微笑《ほほえ》んでひとつ頷いてみせる。すると宙は喜びと興奮を漲《みなぎ》らせた。

「こんなチャンス、二度とないと思うんで。人違いとか夢じゃないんだったら、ぜひお受けしたい、と思います」

意を決したように伝えてくれたその言葉が嘘ではないと証明するように、契約内容もすんなりと受け入れてくれる。

「手続きはもう少しいろいろあるけど、ひとまず、これからよろしくね」

「はい！　ご期待に沿えるようがんばります！」

そして正式契約の期日までに直接会って話す機会を何度か設けたのだが、毎回何かしらの問題が浮かび上がった。

特に酷かったのは、以前在籍していた事務所の契約内容だ。『給料に関して、より良い契約にしたいので必要なんです』と事務員から愛想良く電話をしたところ、それまで消極的だった母親は二つ返事で元事務所との契約書類を郵送してきた。

しかしその内容のあまりの酷さに、佐神は顧問弁護士と一緒に頭を抱えた。正式な契約文面を装って、消耗品以下の道具レベルで働くことを強制するも同然の記載だったのである。

勿論、明らかに違法な内容なので、訴え出れば事務所側が負けるのは確実だ。しかし穏便に宙を引き抜いた今、新たなトラブルを表面化させるのはリスクでしかない。

恐らくは、宙も宙の母親も内容を正しく理解しないまま契約を結んでいたのだろう。だがこれでは、相当金銭面で苦労してきたと窺い知れる。

佐神は弁護士と相談し、息子をアイドルにすることにこだわる母親の説得方針を固めることにした。

安定した給料の支払いや優遇を提示すると、母親の態度は見事に軟化した。

ただ完全に事務所主導とするのは渋られ、暫くは母親の希望するオーディションを受けさせること、そして自宅での自主練をメインに活動することを条件に何とか同意をもぎ取ったのである。

かつての己の憧憬を息子に背負わせる一方で、表面的な華やかさに目を奪われる様子には呆《あき》れるばかりだったが、話し合いが拗《こじ》れそうになる度にそこに付け込めば丸め込むのは容易とすら言えた。

ともかく、そんな経緯を経て桜川宙は無事、佐神の事務所の所属タレントとなった。

正式な契約を交わし、書類にサインをした晴れやかな笑顔ははっきりと目に焼き付いている。

目を輝かせ、心から嬉しそうに微笑んだ宙。オーディションで見せた華やかな笑顔とはまた違う自然で柔らかな微笑みに、佐神は心を奪われた。

その瞬間、改めて佐神は宙を原石から輝く宝石に変身させてみせると心に誓ったのだ。

正式に宙を迎え入れて程なく、いままで宙が受けていたレッスンは彼の適性に合っておらず、高校にも殆ど登校していなかったことが判明する。

宙は私立高校の芸能科に進学していたが、仕事状況に鑑みるにスケジュール的に通えないということはなかったはずである。何度か両親を呼び出して面談を試みようとしたが、ことごとく『宙の自主性に任せる方針だから』という屁理屈《へりくつ》を電話口で言うばかりで直接会うことができない。

その度に宙が必死に謝るので、佐神だけでなくマネージャーの富島や事務員、他のタレント達もなんとなく彼の両親に関しての話題を避けるようになっていった。

しかしいくら原石として素晴らしくても、磨かなければ光りはしない。友人たちと学生生活を送ることも、適切なレッスンを受けることも、演技者としての彼の礎《いしずえ》となる。

これまで適切な武器を与えられないまま、己の浮力のみで様々なオーディションの最終選考まで進んでこられたこと自体、逆説的に彼の才能を証明していると言えた。

まずは宙にダンスに交えた体の使い方や演技メソッドの勉強をさせつつ、規則正しい生活習慣を身につけるように指導を始めることにした。

昼夜逆転の原因のひとつになっていたネットの動画配信を止めさせると、休みがちだった高校にも通うようになり成績も自《おの》ずと上がった。

個人面談も繰り返し行い、宙が本当にやりたい方向を自らの意思で考えられるように事務所の全員がサポートし、一年ほどかけてやっと宙が事務所の皆と打ち解けてきた。

さて、ここからだ――と思った矢先に、今回の事件だ。

普段の自分なら躊躇《ちゅうちょ》するくらい、なり振り構わぬ手段でやっと手元に置いたのに――目の前で項垂れる子どもは、あの出来レースのオーディションの最終選考で落ちたときと同じ顔をしている。

佐神は黙って項垂れる宙を、静かに見守る。

下手《へた》に急かしてもパニックを起こすだけで、話が拗れるだけだ。宙は暫く逡巡《しゅんじゅん》してから、目の前に置かれた紅茶の入ったカップを手に取り一口飲むと、意を決したように口を開いた。

「お話しする前に……あの……あいつ、いまどこにいますか？」

気にかけているのは、宙に『枕営業』を持ちかけた男と一緒に居た青年のことだとすぐに察せられた。男は小規模な芸能事務所を渡り歩き、『枕営業』を斡旋《あっせん》していた半グレ組織の構成員だと既に判明している。

恐らく宙は芸能界とは全く関係のないその青年を欺《だま》し、何かしらの見返りを得る代わりに枕を斡旋する男に差し出したのだ。

幸い間一髪で救い出せたが、犯罪に巻き込みかけた時点で大問題である。

――まずは俺が落ち着かないとだな。

事の起こりは、三時間ほど前に遡る。

今日は通信制高校のＰＲ動画撮影の現場に出ているはずの宙から、佐神のスマホに電話が入ったのだ。仕事が終われば基本的に、タレントは事務所へ戻ることになっているのだが、宙の場合は彼の母親の意向で自宅へ送るように頼まれている。

これまで宙が直接佐神のスマホに連絡をしてくることはなかったので、何ごとかと思いつつ着信画面をスワイプすると、悲鳴に近い泣き声が聞こえてきた。

『佐神さん、助けて！』

一瞬、冷静な判断力を失いかけた佐神だが、どうにか持ちこたえる。そしてしゃくり上げる宙を宥《なだ》め、どうにか聞き出した内容は信じがたいものだった。

『俺、大変なことしちゃった……兄さんに「食事とカラオケだけ」って言って、変な男に引き合わせて……どうしよう、どうしたら……』

この時点で、様々な疑問が脳裏を駆け巡った。まず、佐神は宙に兄がいるとは聞いていない。母親からも、家族構成は両親と宙の三人だと聞いていた。更なる問題は、宙の『変な男に引き合わせた』という発言だ。

この業界には、得体の知れない人間が出入りする。宙が以前所属していた事務所にも、良くない噂が幾つもあったが……。

そして、佐神の予感は最悪な形で的中してしまう。とにかく、問題の男が宙の兄を連れて行った場所と、相手の名前を確認したところで佐神は頭を抱える。

宙の兄――正確には義兄であったが――は佐神のビジネスパートナーであり、長年の親友が訳あって保護している人物だったのだ。

宙がなぜ兄について佐神に告げずにいたのか、そして何故、いかがわしい人物と接点があったのか？

佐神が全く把握できていない幾つかの要素が絡み合って、非常に困った事態になったという現実だけが厳然と目の前にあった。

「ああ、彼なら大丈夫。信頼できる人に保護してもらったからね」

『信頼できる人』が自分とどういった関係であるのか、今宙に言う必要はないと佐神は判断した。

「彼のことも例の男の件も全部、対処済みだから。宙君はなにも心配しなくていいよ。居場所は、落ち着いたらきちんと話すからね」

嚙《か》んで含めるように伝えると、宙はほっと息を吐き、「よかった」と呟《つぶや》く。

——演技している感じじゃないな。

勿論疑いたくはないが、兄が何をされるのか宙が知らなかったはずはない。一時は悪意を持って行動したが、今になってこうして心から心配しているのだろう。そんな宙の心理的な矛盾が気にかかる。

「ところで、彼は芸能界とは全く関係のない方だよね？　どうして今まで彼——お兄さんのことを言わなかったのか、聞いていいかな？」

「……実は……」

どこか覚悟を決めたような表情になった宙だが、話し出そうとしたその時、マネージャー兼事務員の三好《みよし》が会議室に入って来た。彼女は佐神の父の元秘書で、佐神が自ら事務所を立ち上げる際に所謂お目付役として夫婦で入社したという経緯がある。

「失礼します、お話し中にすみません。すぐ判断を仰《あお》ぎたい件がありまして」

「どうしたんですか、三好さん？」

「宙君のお母様から、『給料の前借りの件』で連絡があったんですけど。宙君本人と社長のＯＫは取り付けてあると仰《おっしゃ》ってまして……」

「？」

「やっぱり話は通ってないんですね。おかしいと思ったんです」

訳が分からず佐神が首を傾《かし》げると、三好がため息を吐く。

佐神の事務所は基本給＋歩合の給与体系をとっている。

まだ本格的に仕事を始めていない宙の給料は決して多くはないが、実家暮らしであればそう不自由ない程度には渡せているはずだ。

「ご迷惑をおかけして、すみません」

すると宙が、何かを察したように項垂れて唇《くちびる》を噛む。

「……宙君、念のため確認だけど。このお給料の件は、お母さんの独断だね？」

「はい」

何かに怯えたように青ざめた宙が、こくりと頷く。

自分の仕出かした事件に加えて、母から事務所へのあからさまに不当な要求にいたたまれない様子だ。

――この子を縛る障害が、可能性と笑顔を奪ってしまっている……。

まだ想像でしかないが、兄の存在を隠していた原因もおそらく母親にあるのだろう。

今回の件がなくとも、いずれは別の形で問題が起きていたに違いない。

思わずため息を吐くと、宙がびくりと体を竦《すく》ませた。どうやらそのため息は自分への非難の表れで、当然叱責されるのだと思わせてしまったらしい。

「あ……いやいや違うよ、怖がらないで」

「ごめんなさい。俺のせいで……ごめんなさい」

――まずいな。

宙はぎゅっと目をつぶり、世界から自分を守るように両手で自分の体を抱きしめている。

無意識の防衛反応だと察した佐神は、宙の肩を抱き寄せた。

「大丈夫だよ、宙君。間違ったことをしてしまったのは反省すべきだけど、君自身にはどうしようもないことまで君が謝る必要はないんだよ」

「でも……」

怯えの原因は母親だ。このまま放置していたら確実に宙は壊れてしまう。力尽くで引き離すことは簡単だが、母親の宙への執着度合いを考えると、できる限り正当な理由付けをする必要がある。

宙は現在十八歳だが、契約時は十七歳。成年用の契約書類を整えている最中だったので、契約の主体は未《いま》だ母親である。

「そうだ。宙君、寮生活してみない？」

「えっ」

「嫌？」

「そんなことは……」

突然の提案に慌てる宙に、佐神はにこりと笑ってたたみ掛けた。

「じゃあ決まりだね。三好さん、大至急書類作って」

佐神の事務所では現在、七人のタレントを抱えている。社長である佐神以外は全員、会社の所有するマンションで寮生活を送っているのだ。なので自宅で生活する宙は、唯一の特例ではあった。

寮は若いタレント達の自立心を養う目的以外にもプライベートを守るという利点、そして会社が提供する様々なレッスン教室に通いやすいという利点がある。

ひとまずそれらの利点を前面に押し出し、とにかく納得させる。寮に入れてしまえばたとえ親であっても気軽に会うことはできなくなるので、守りやすくもなる。

「了解しました！　こちらの意図を摑ませず、先方のメリットが目に飛び込んでくるような書類を作るので、一時間ください」

三好も佐神の計画を的確に理解してくれたのか、すぐデスクに戻りパソコンのキーを叩き始めた。

「じゃあ、改めて話の続きだけれど。話せる？」

「はい。その……まず謝らせてください。佐神さん、ご迷惑をおかけしてすみませんでした。できれば事務所のスタッフさんや仲間にも、謝る機会を頂けないでしょうか？」

一般人を怪しい男に引き合わせたなどと週刊誌にでも知られたら、宙個人だけでなく佐神の事務所自体が叩かれてもおかしくない。罪悪感を覚えるのは仕方のないことだと理解したが、続く言葉に佐神は慌てることになる。

「寮の件は……暫く住まわせてもらえたら、ありがたいです。家賃や光熱費は、必ずお支払いします。報道とか、ほとぼりが冷めるまでかまわないので」

「宙君……？」

「責任を取って、俺は芸能界を引退します。俺が辞めたくらいじゃ、何にもならないかもしれませんけど……でも……」

今度は佐神が真っ青になった。

「ストップ！　この件はまだ、公になっていない。狭い業界だから多少噂になるのは覚悟するしかないけど、宙君が全ての責任を負うことではないんだ」

「でも――」

「失礼します」

入ってきたのは、事務所内でもトップクラスのタレントのマネージャーを務める富島だった。マネージャーと言っても、事務所自体人が少ないので雑用やら何やら含め、できることは全てやって貰っている。

「……ん？」

富島が佐神に、メモを差し出す。書かれていたのは、佐神が今一番欲しかった情報だった。

「流石、会長の情報網だ。宙君に接触した男と、所属していたグループは全員押さえられたよ。偶然出会ったと思っているだろうけど、彼らの狙いは――最初から宙君だったんだよ」

「――俺を？」

宙からすれば、以前の事務所で軽く面識のあった程度の男が、何故今更という感じなのだろう。

「これで合点《がてん》がいったよ。一番弱っている時に、揺さぶりをかけてターゲット自らトラブルを起こさせるように仕向ける。事務所が見放したところを掻《か》っ攫《さら》うのが、彼らの常套手段……だってさ」

全て計画されたことなのだと、佐神は冷静に伝える。

「落ち着いて聞いて欲しい。この件は業界でも数年前から問題になっていてね、被害者も多い。もう宙君だけの問題じゃないんだ。隠すことは良くないけれど、かといって警察沙汰にして円満に片付く話でもない。被害に遭った他の複数の事務所と連携を取ることになるだろうけど、まずは相手方のトップと『話し合い』をしてけりをつける」

元々は半グレまがいの人間が単独で動いていたが、最近になって組織化してきており業界としても個別の事案として扱えなくなってきていたのだ。

「佐神さんは、大丈夫なんですか？」

世間ではお坊《ぼっ》ちゃん扱いされがちな佐神だが、業界内での立ち回りはそれなりに心得ている。これまでも今回ほどではないけれど、表沙汰にできない事案を幾つももみ消してきた実績もある。

こんな自分に宙は純粋な眼差しを向け、真摯《しんし》に心配してくれている。

「俺は慣れてるからね。というか、こちらこそ大人の事情に巻き込んでしまって、申し訳ない」

嫌な話だが、警察に届け出ても犯人が裁かれるまでには時間がかかるし、佐神達の求める処罰が下される可能性は低い。宙のように関わらざるを得なかった業界人も少なからずいるので、内々で収める方向にしたと説明する。

「相手のやり口を分析するためにも、宙君には隠さず事情を話してほしいんだ。できれば、宙君の家庭事情もね」

「分かりました」

今度はしっかりと視線を合わせて、宙が答える。

そして宙が語った内容は、佐神が想像するより遙かに過酷なものだった。

＊＊＊＊

事件に至る全てを話し終えた宙は、不思議と落ち着いていた。

流石の佐神も『自分を置いていなくなってしまった兄が突然現れ、しかも幸せそうにしているのが許せなくて、怪しい男に兄を差し出した』なんて聞かされたら、怒るだろうと思っていたのだが、彼はただ黙って耳を傾けてくれた。そして全て話し終えた宙に一言、

「これまで、よく頑張ったね」

と言って頭を撫《な》でてくれたのだ。

「——俺、佐神さんやみんなに迷惑かけてるのに、どうして……」

「宙君のしたことは間違っているよ。けど全てが君の責任ではない。危険な仕事を斡旋しようとした男は勿論、君の頑張りを理解しなかった両親、そして一年も一緒にいながら宙君の抱える悩みに気づけなかった俺達大人に大きな責任がある」

佐神の言葉が胸をじわりと温め、そこから隅々まで巡っていくように体が熱くなった。穏やかな微笑み、その優しい目尻に、そんな場合ではないと思っているのに見惚《みと》れてしまう。睫毛《まつげ》がとても長い。髪や眉と一緒でちょっと色素が薄くて光に透けるみたいだ。

先週クランクアップしたばかりの放送中のドラマでは、あんなにトリッキーな言動で周囲を煙《けむ》に巻いているのに、とても同じ人とは思えない。

ああ、好きだ。と心から理解する。舞台の上、テレビやスクリーンの中で様々な人として生きることができる、目の前の優しい人を自分はとても好きなのだ。

それは憧れをとうに飛び越えた、ただの好きとは違うもっと特別な何かのような気がするけれど、単語として確信する前に佐神の言葉で我に返った。

「これから一緒に、頑張っていこう」

涙ぐむ宙の背を、佐神が大きな掌で優しく擦《さす》る。

優しい労《いたわ》りを受けて、気持ちも言葉も喉元《のどもと》で詰まってしまったかのように出てきてくれない。

「ただいま戻りましたー。って社長、なに宙君のこと泣かせてるのさ！」

元気よく挨拶をして入ってきたのは、この事務所で一番の売れっ子である兼谷海咲《かなやみさき》だ。宙は慌ててソファから立ち上がって、彼に頭を下げる。

海咲は現在二十歳《はたち》。中性的な顔立ちと『弟にしたい』と人気の笑顔、そして抜群のトーク力を武器に、現在はドラマやバラエティで活躍中だ。十五歳から芸能界入りしたので芸歴としては宙より短いが、知名度や人気は遙かに雲の上である。

佐神とはまた違った魅力の持ち主で、どんな大御所であっても数分会話をしただけで打ち解けてしまうというコミュ力の塊みたいな人だと聞いていた。

人聞きでしかないのには、理由がある。

同じ事務所というだけで、売れっ子の海咲とは滅多に会うこともないからだ。入所の際にたまたま居合わせた海咲に、挨拶をした程度の関係だった。

それを知っているはずなのに、佐神は唐突にとんでもない提案を海咲に持ちかける。

「丁度良かった。海咲いま、一人部屋だよね？　宙君と同室になってほしいんだけど」

「っ……」

思わず悲鳴を上げそうになったが、寸前で飲み込んだ。

この事務所は前に所属していた所より規模は小さいが、スタッフも所属のタレント達も皆和気藹々《わきあいあい》としている。全員が海咲ほどの売れっ子という訳ではないけれど、だからといってスタッフがタレントの扱いに差をつけたり、タレント同士でマウントの取り合いをしたりするなどの不毛な争いは起こらない。

しかし、そんなふうに分け隔てないのがここのカラーだからといって、海咲のような看板タレントと同室なんてあり得ない。

I Like Bone.

——絶対に断られるに決まってる。

幾らコミュ力の塊とはいえ、まともな交流もない宙と同室になれと言われたら海咲も迷惑だろう。しかし宙の予想は、見事に外れた。

「やったー！　今日からよろしくね、宙君。僕ずっと、宙君が気になってたんだよねー」

笑顔でガッツポーズをする海咲に、訳が分からずぽかんとしてしまう。明らかに住む世界が違うと思っていた相手からこんなリアクションをされたのだから、仕方ない。

「……よろしくお願いします……？」

戸惑いつつも礼を言い、傍らの佐神に視線を送る。彼は海咲の返事が想定内だったらしく、にこにこと笑っていた。

「マネージャーも、三好さんから富島に変更しよう。担当タレントが同室になれば、その方がスケジュール管理しやすいだろう？」

「そんな、俺まだ仕事ないのに申し訳ないです」

富島は海咲を含め、数名の売れっ子を担当する敏腕マネージャーだ。仕事のない宙が加わった所で負担にはならないだろうけど、気持ちとして煩わしさは覚えるだろう。

実際、今回の学校のＰＲ動画以降の仕事は全く決まっていない。

「いずれは富島に任せるつもりでいたし、そのタイミングが少し早くなっただけだと思えばいいさ」

ここまで言われてしまったら、宙も反論できない。自分の仕出かした事件を冷静に、そして寛大に処理してくれただけでなく、こうして自分を気遣い寮に入る手続きまで進めてくれている。

——俺、もっともっと頑張ろう。

正直な所、母が心配な気持ちはあった。給料が振り込まれると後先考えず洋服や高額な美顔器を買いあさり、常に父と口論をしていた母の姿が目に浮かぶ。

自分に向けられていた笑顔が全て嘘だったとは思いたくないけれど、どこかでほっとしている自分に気づく。

「宙君はもう大人だ。正式な契約書を作って、君自身の意思で事務所に所属できるようにするから。宙君の希望する道を進めばいいんだよ」

「俺の、希望……」

これまで宙は、母に言われるまま芸能活動に勤しんできた。歌やダンスをするのは楽しかったし、ファンだと言ってくれる人達からのコメントに何度励まされたか分からない。

ただ、ここまで来るに当たって、宙が自分から積極的に取り組んだことと言えば、佐神の事務所へ移籍する際、弱小に乗り換えるのはよくないと渋った母を説得したことくらいだ。

それだって、自分自身の将来を真剣に考えてのことではなく、単に憧れの佐神と同じ事務所に所属できるという衝動に突き動かされたに過ぎない。

黙り込んだ宙の手を、海咲がぎゅっと握る。

「ねえねえ、お話もういい？　僕、宙君と遊びに行きたいんだけど！」

「コラ、海咲」

流石に呆れた様子で、佐神が浮かれる海咲を窘《たしな》めた。

「うそうそ。宙君、このまま寮に入るんでしょ？　だったら、必要なもの買いに行かないと」

「じゃあ俺も、同行するよ」

立ち上がろうとする佐神を、デスクから戻ってきた三好がぴしゃりと引き留めた。

「なにを言ってるんですか、社長。書類出来上がりましたから、これから宙君のお母さんを言いくるめに……じゃなくて、入寮手続きの説明に伺《うかが》わないと」

「……そうだったね。ああ、宙君。このことは明日、俺からみんなに話すけどいい？」

「はい」

警察沙汰にはなってないとはいえ、先程の佐神の説明を聞く限り業界内ではすぐ広まるだろう。宙が関わってしまった以上、事務所に在籍するタレント達も不愉快な思いをすることになるはずだ。

たとえ佐神が許しても、皆がどう思うか。考えたところで、宙にはどうしようもない。

結局、明日から数日間は寮から出ず休むようにと佐神に告げられた宙は、海咲に連れられて事務所を出た。

――あれ？

事務所が借り上げているマンションとは反対方向に歩いて行く海咲に、宙は内心首を傾げるが大人しく付いていく。

「宙君、訳あり？」

「えっと」

明日説明すると佐神があえて言ったのは、今日の件は喋《しゃべ》るなという意味だと宙も分かってる。どう答えればいいのか迷っていると、海咲が「違う違う」と手を横に振る。

「さっき社長が言ってたのとは違くてさ。ほら急に入寮でしょ。実はさ、宙君には早く寮に来てほしかったんだよね」

ああ、と宙は納得する。事務所のタレント達は、売れっ子の海咲でさえ全員寮生活だ。これはプライバシーを守る為に必要だと聞かされていたので、一人だけ特別扱いで実家から通っていた宙は、規律を乱したことになる。

「すみませ……」

「寮なら、すぐに相談とかできるじゃん？　たまに見かける宙君、なんかしんどそうだったからさ。みんな心配してたんだよね」

謝罪する言葉を遮って、海咲が思いもよらない話を始めた。

入所当初から、海咲を含め事務所の面々は宙を期待の新人として好意的に思ってくれていたらしい。ライバルではあるが、互いに切磋琢磨《せっさたくま》し合える相手だと皆で話していたのだと海咲が続ける。

「前の事務所は自主練中心だったんでしょ？　それならまだちょっと時間がかかっても仕方ないけどさ。そういう、レッスンであとから身につくテクニックとかじゃない、元々の雰囲気？　が、いい感じだってみんな言ってる」

「そう、なんですか？」

「だから焦ることないよって、伝えたくてさ。他にも色々話して、どんな子なのか早く知りたかったんだけど――」

家庭の事情とやらで、宙が自宅から通うと知り落胆していたのだと海咲が言う。

この一年、自主的なレッスンとオーディションばかりで事務所に立ち寄るのは必要最低限の生活だったから、マネージャー代わりをしてくれていた三好や社長の佐神以外とは、殆ど接点がなかった。

――そんなふうに、思ってくれてたんだ。

ありがたく思う反面、自分の仕出かしたことで彼らに迷惑をかけてしまう現実にますます胸が苦しくなる。

「何があったか知らないけど、社長に任せておけば大丈夫だよ」

「はい……」

明日、佐神から全てを聞かされても、海咲はこんな風に笑って話をしてくれるだろうか。

不安が一気に押し寄せてくるけれど、今の宙には弁明をすることすら許されていないのだ。

「えっと、家具や家電は備え付けがあるから。買うのは下着とタオルと……」

歩きながら必要なものをピックアップする海咲に、宙はただ無言で頷く。私物はポケットに入れたスマホだけなので、文字どおり着の身着のままで寮へ入ることとなる。

「――ひとまず洋服は、僕のお下がりでいい？　スポンサーやスタイリストさんがくれた服がいっぱいあるんだ」

「そんな、申し訳ないです」

「でも着る服ないでしょ？　パジャマとかルームウェアとか、カジュアルからスーツだってあるから好きなの着てね」

こうして宙は、ほぼ海咲の勢いに押される形で、服は彼のお下がりを譲り受けることとなった。

日用品は手持ちのない宙に代わり、海咲が「全部僕が買い揃えるから！」と宣言し、これまた押し切られてしまう。日頃から愛用しているというお洒落《しゃれ》な生活雑貨店へ入ろうとする海咲を押し止め、何とかお願いしてワンコインショップに変更してもらった。

「お金。すみません。給料入ったら、すぐにお返ししますから」

「別に入寮祝いってことで、プレゼントしてもいいんだけど……そうだ。宙君はしばらく研修生扱い？　になるのかな？　だったらレッスンない日は現場に付き合ってよ」

「え、いいんですか？」

「勿論！　というか、僕が頼んでるんだし」

「それじゃあ、お言葉に甘えて勉強させてもらいます」

「もー真面目《まじめ》だなあ。リラックスしなよー」

　買い物を終え宙は海咲と共に寮へと向かう。何度か近くは通ったことがあるので、建物自体は見知っていた。外観は小綺麗《こぎれい》な四階建ての単身者向けマンションで、特別セキュリティがしっかりしているようには見えない普通の物件だ。

　しかし海咲はマンションのエントランスへは入らず、傍らの路地の方に入る。疑問に思いつつ付いていくと、海咲が建物の裏手にあたる防火扉の前で立ち止まる。

「こっちが寮生用の扉。表のエントランスはダミーなの。そこに防犯カメラあるでしょ。不審者が入ると、一階に住んでる管理人さんと警備会社へ自動的に連絡行くから安心して。それとここ、いわゆる普通の鍵はないから」

「え？」

「社長の方針で、僕達が使うフロアは専用のエレベーターと虹彩《こうさい》認証の扉がついてるの。入所するとき、目の写真撮ったでしょ？」

　いわれてみればそんな記憶もある。

「だから家族でも、登録しないと入れないの」

安心させるように笑う海咲に、宙はほっとしている自分に気づいた。

事件から数時間で、自分の置かれた状況が目まぐるしく変わった。これからどうなるのか、宙には見当も付かない。

佐神は一緒に頑張ろうと言ってくれたし、海咲もこうして歓迎してくれている。だが、このあとの展開次第では佐神が想定している範囲を大きく超えて、宙の行状が迷惑をかけてしまうことになりかねない。

そのときは今度こそ潔く退所しよう、と覚悟を決める。

「僕たちの部屋は三階の端ね。部屋の鍵も虹彩認証になってるよ。もう事務所の方で登録終わってると思うから、このカメラ覗いてみて」

促されて壁に設置された認証カメラを覗くと、カチャリと鍵の開く音がする。

——すごい、こんなに大事に守られるんだ。

以前の事務所にも一応寮と銘打った建物はあったが、雑居ビルを改造したような造りだったと記憶している。勿論、宙がそこに住むことはなかったけれど、経済的に苦しいタレントはほぼ雑魚寝《ざこね》状態で共同生活を送っていたらしかった。

更に驚いたのは、これから海咲と共に暮らすことになる部屋だ。急な入寮にもかかわらず、海咲が現在使っているものだけでなく、宙のための家具類が十分に揃えられていた。

「本当にこの部屋を使っていいんですか」

「そうだよ。……一人がいいなら、社長に掛け合おうか？」

あからさまに肩を落とす海咲に宙は首を横に振る。

「いえ、俺なんかが海咲さんと一緒だなんて、恐れ多いとは思いますけど、同室が嫌とかそんなことは……！　でも本当はどなたか、入る予定だったんじゃないんですか？」

海咲一人で生活していたのなら、もう一人分の家具や家電が用意されているのは不思議だとも思う。

「なに言ってるのさ。恐れ多いとかそんなのないって。寮は基本的に二人部屋なのに僕だけって、ずっと羨ましかったんだ。ここを二人で使えるようにしてあるのは、他の部屋の子達が喧嘩《けんか》したとき片割れの避難所みたいな感じで使ってて。こうして宙君を迎えて、本来の姿になったたってわけ」

宙が入所するまで、事務所の所属のタレントは、佐神と海咲の他には四人しかいなかった。社長である佐神だけは寮生活ではないから、基本五人が入寮していた。従って宙が入って、計六人が住まうことになる。

外から見るとワンルームごとでベランダが仕切られていたが、こうして中に入ると三世帯分が繋《つな》がっていてゆったりした造りだと分かる。

自室に荷物を置きリビングへ戻って一息吐いた宙は、ふと海咲の視線に気づいて首を傾げる。

「あの、何か……」

「……宙君ってさ、社長のこと好きでしょ。恋愛的な意味で」

「えっ」

つい先ほど自覚したばかりの気持ちを見透かし、唆《そそのか》すようなことを唐突に言われて、宙は焦った。

勿論、佐神相手にどうこうなりたいなんて、そんな大それたことは思わない。

確かに自分は、佐神の長年のファンだし、恩人として慕ってもいる。しかしそれは、あくまで俳優としての佐神に対する憧れであり、恋愛感情ではない――ないはずだ。

「ごめん。自覚してなかった？　けどさっき一瞬見てただけでもわかるくらいだし。僕としては微笑ましいから、応援したいなって」

「いえ、俺はそんなこと……ないです」

自分の『好き』はその『好き』ではない。本心からそう思っているのに、何故か顔が熱くなる。心臓もドキドキして、まるで隠していた恋心を言い当てられたかのような、気恥ずかしい気持ちがこみ上げて来る。

「そんなこと『ある』って顔じゃーん！　いっそ告白しちゃえば？　社長も絶対、オッケーするよ。宙君にめろめろだから」

「俺は佐神さんに、憧れてるだけですから。小学生の時に、佐神さんの舞台を観て勇気づけられて。あの経験があったから、仕事も続けられたっていうか。本当に憧れなんです」

「んーでも『憧れ』と『好き』が両立しないなんてこと、ないよね？　僕、あんなんなってる社長初めて見たし、二人にとってベストなんじゃないかなって思うんだよね……あ、紅茶淹《い》れるね。サンドイッチ食べれる？」

「俺が淹れます！」

慌てる宙を海咲は強引にリビングのソファへ座らせる。

「いいから、今はゆっくりして。宙君、ちょっと顔色よくないからまずは気持ちを落ち着けないとね。食べたらお風呂《ふろ》入って、今夜は寝ること。バスルームに僕のシャンプーとかスキンケアとかあるから、適当に使って」

宙が口を挟む隙を与えず、海咲がポンポンと指示を出す。もともと『善は急げ』的なスピーディーな性格のようだが、すぐには打ち解けられない自分を気遣ってくれているのだろうと思う。

言われたとおり食事と入浴を済ませた宙は、海咲に促されて先程荷物を置いた自室で休むことにする。

既にベッドは整えられていて、宙はなんだか酷く情けない気持ちになった。

――海咲さん忙しいのに、俺なんかにもこんなに優しく接してくれる。

食事中、海咲は明日もドラマのロケで朝早いのだと言っていた。

なのに海咲は宙に気を配り、どれだけ皆が宙の入寮を楽しみにしていたか話してくれた。

——落ち着いたら、入寮のお祝いしようって言ってたけれど……。

嬉しい反面、佐神から事件の顛末《てんまつ》を知らされても皆が同じ気持ちで居てくれる可能性は低い。考えれば考えるほど、自分の浅はかな行動で多くの人に迷惑をかけてしまった現実に胸が潰れてしまいそうだった。

電気を消してベッドに入った宙だが、眠くなるどころか目がさえて嫌な考えばかりが頭に浮かぶ。

せっかく憧れの人に目をかけてもらえたのに、こんなお荷物ではいつ放り出されてもおかしくはない。

「俺はどうして、こうなんだろう」

枕を抱えて丸くなった宙は、暗闇の中でぼんやりと白い壁を見つめる。

幼い頃の一番古い記憶は、子役として初めて撮影に挑んだ日のことだ。

数人で童謡を歌うシーンで、大人達からは『はきはきして、よく通る声だ』と褒められた。

確かその日は撮影が終わってから，母とフルーツパフェを食べて帰った。

その撮影を機に、宙は本格的に子役としてデビューすることとなる。

子役時代は、純粋に楽しかった。有名な連続ドラマに起用されたり、何度かCM出演もした。主役こそなかったけれど、現場では子役仲間と楽しく仕事ができていたと思う。

なにより難しいことを考えずとも『楽しくやっている』だけで母から褒められた。

しかし中学生に上がる頃から仕事が目に見えて減り、宙は事務所に言われるまま、ネット配信を始めた。この時を境に『子役・桜川宙』は卒業し、『アイドルの卵・ソラ』として売り出すことが母と事務所の間で取り決められた。

とはいえ配信内容には編集を含めて事務所は一切かかわらず、セルフプロデュースのダンスやボーカル動画など、ほぼ素人《しろうと》と変わりない内容ばかり。

幸いなことに劇的なイメージチェンジにもかかわらず、すぐに熱心なファンがついてくれた。そして彼らが課金してくれる『投げ銭』が、桜川家の主な収入源となる。

活動の場をネットに移すことが決まると、兄の望は動画編集や配信のやり方を独学で調べて実践してくれた。一方の自分は、パフォーマンスに集中するのが仕事だという母の言葉を疑いもせず、兄の地道な作業を手伝うことさえしなかった。

気が付けば兄の望は、陰になり日向になり桜川家と宙の芸能活動を支える重要な役割を担っていた。兄と言っても宙の一つ上でしかないというのに。

新しい父は仕事だと言って家に殆ど帰らず、母は自分の仕事を取るために早朝から深夜まで出かける日々。

母からの『あなたは仕事に集中すればいいの』というお墨付きをいいことに、動画配信に関する雑務一切だけでなく、いつの間にか学校の宿題や両親がやってくれない家事もすべて望に任せるようになっていた。

母の手前、素直に兄に甘えることはできず、芳しくないオーディション結果の腹立ち紛れに酷い態度を取ったり言葉をぶつけたりもした。そんな時、心の中で『実の兄ではないのだから、母や自分につくすのは当然』だと、信じられない言い訳さえしていた自分が嫌になる。

——どうしてあれを、当然だと思っていたんだろう？

自分の所業を振り返って、宙はゾッとする。あんな扱いを受け続けるなら、逃げたほうがいいに決まっている。

でも、自分自身でもどうしようもなく子供っぽくて嫌になるが、兄がいなくなって咄嗟に『捨てられた』と思ってしまったのだ。本当ならあの家の中でただ一人、手を取るべき相手だったのに。

あの頃、兄はスマホを持っておらず、まだ子供の自分には探す術《すべ》もなかった。宙は疑問に思いつつも、『多額の借金をしてその返済のために働きに出た』という母のどう考えても辻《つじ》褄《つま》が合わない言い訳を信じるしかなかった。

そして望がいなくなった途端、噛み合わず軋みを上げながらもなんとか回っていた歯車は一気に崩壊する。家事をする者がいない家は薄汚れて荒廃し、動画の編集も配信も望のように上手くできず、視聴者はみるみる減っていった。

肝心の仕事の方は事務所が新しく設立した『世紀のアイドル育成計画』という、ほぼ中身のない企画に放り込まれた。待っていたのは、得体の知れない自称プロデューサーとの食事やカラオケ接待の仕事ばかりで、いくら世間知らずの宙でも違和感を覚え始めていた。

そんな仕事ばかり受けていたせいか、『枕営業をやっているのでは？』という、根も葉もない噂がいつの間にか囁《ささや》かれるようになっていた。

しかし枕なんてやっているわけがない。仮にそんなことをやっているとして、見返りにいい仕事がもらえなければ割に合わない。最初はからかわれる度に反論していた宙も『やましいから怒るんだろう』と混ぜ返され嗤《わら》われることが続けば、説明するのが億劫《おっくう》にもなる。

いつしか宙はオーディション会場で、あからさまに陰口を叩かれても無視をするようになっていた。

けれど無視できず、蓄積されてゆくものもあった。それなりに形になってきた、ネット配信に寄せられるコメントだ。

これまで動画の編集を担っていた望がいなくなり、仕組みを理解していない宙は動画を全てライブ配信へ切り替えるしかなくなった。すると何故かコメント欄が荒らされるようになったが、宙にはどうすることもできない。

配信初期からのファンは宙に好意的だが、配信の度にアンチコメントは増え続け精神的に追い詰められていった。

誹謗《ひぼう》中傷が辛くて何度も配信を止めようとしたけれど、その度に母から続けるようにと諭された。父の給料が増えもしない中、一家の収入としてネット配信の投げ銭を頼りにしている現状では宙も頷くしかなかった。

そんな日々の中、母が漏らす愚痴に綻びが生じ始める。

兄は『借金返済のために出て行った』はずなのに、『知り合いのところに預けた』ことになったり、また『返済が滞って出稼ぎが長引くことになった』に変わったりもするのだ。

何が本当なのか宙は混乱するが、母に問うてもまともな答えは返ってこない。なのに母からのプレッシャーは増し、更に事務所の飼い殺し同然の扱いに、心身ともに疲弊し潰れてしまうというところまで追い詰められた。

そんなときに、他でもない憧れの佐神から移籍を持ちかけられたのである。夢を見ているんじゃないだろうかと思ったまま一年間、これまでとは比べ物にならないくらい必死になってレッスンに励んできた。

ほとんど行っていなかった高校にも通えるようになり、自分は勉強ができないわけではなかったのだと知って自信が付いた。数人だけれど、雑談を交わせるクラスメイトもできた。

そうしてようやく摑んだ、単独の仕事。

研修生の身分で給料を受け取ってきた心苦しさもありがたさも、一刻も早くきちんと佐神に返したくて、宙はただ焦っていた。

しかし間の悪いことは重なるもので、母が宙の知らないところで以前の事務所に戻る計画を立てていたと知ってしまう。理由は単純で、前の事務所ならば佐神がNGとしている投げ銭や接待で稼げるというものだった。

うっかり見てしまった母のメールには、アイドルデビュー確約の代償として、宙が成人したらすぐにでも高額な接待——つまりは、本当に枕営業させることすら厭《いと》わないと仄《ほの》めかす内容が書かれていた。

くらくらする頭を抱え、こんなことはとても佐神には相談できないと途方に暮れている宙に、前の事務所で子役時代に顔見知りになった先輩——今ではフリーのディレクターとなった人物が声をかけてきたのである。

あの頃親切にしてくれた思い出に、宙は藁《わら》にも縋《すが》る思いでこの秘密を打ち明けた。神妙な顔をして話を聞いていた男は暫く考え込んでから、『解決を手助けする交換条件として、新しい事務所のタレントを紹介してくれないかな』と徐《おもむろ》に切り出した。

一瞬、事務所の先輩達の顔が脳裏を過る。

接点はほぼなかったが、顔を合わせれば笑顔で声をかけてくれる先輩達だ。宙が頼めば、一人くらいは『話を聞くだけなら』と言ってくれるかもしれない。

だが顔見知りとはいえ、現在どこの事務所に所属しているかも分からない男に引き合わせて良いのか宙は迷う。何より彼らは、佐神が大切に育てているタレント達だ。

答えを出せなかった宙は、再会したばかりの兄の話をしてしまう。

兄のことは佐神に話すなと母から口止めされていたから、何かあっても今の事務所に知れることはないはずだ。そもそも兄はタレントではない。男が納得するかどうか不安要素はあったものの、意外にも二つ返事で話は進み、すぐさま『仕事』の予定が組まれた。

恐らくほんの一年前まで、自分がやらされていた宴席接待の仕事程度だろうと宙はすぐに察した。酒と煙草《たばこ》の匂いが充満する部屋で、露骨なセクハラやパワハラの言動を繰り返すお客達に愛想笑いを振りまく『仕事』は苦痛以外の何ものでもなかった。

しかし自分ができたのだから、兄だってできるはずだ。何より自分が辛いときに助けてくれなかった兄に対して、完全な八つ当たりの気持ちが膨らんだ。

――あいつも、俺と同じ目に遭えばいい。俺があんなに嫌な思いしたんだ。兄さんだって……っ。

そんな捻《ひね》くれた心が宙の心を支配する。と同時に脳裏に兄と再会したときの思いが蘇って、宙は唇を噛む。

『宙は元気にしてた？』

『宙、どうしちゃったの』

『誰にも言ってないよ……その……宙に迷惑かかっちゃうから』

なのに心配する言葉を素直に受け取ることができず、『俺がどれだけ芸能界で苦労してるか、分からせてやってほしい』などと、馬鹿な言葉になって口から零《こぼ》れてしまった。

幸せそうにしている兄に、ほんの少しだけ、自分が感じた恐怖と嫌悪を味わわせたかっただけだ。酒臭い部屋で男達に酌をして回る惨めな『仕事』を、知ってほしかった。

知れば優しい兄は、きっと自分を助けるために家に戻ってくるだろう。兄が戻れば、仕事もきっと上手くいくようになる。

妄想でしかない願望を抱く宙だったが、事態は予想もしない方向に向かう。

男はこれまで接待の行われたカラオケボックスや個室の居酒屋ではなく、いきなり望をホテルへ連れて来るよう指示したのである。流石に宙も、男が何をするつもりなのか理解する。

だが宙は怯えてしまって、それを止めることができなかった。

いくら『そんなつもりはなかった』と言っても、結果的に売春の強要をしたも同然だ。

震える手でスマホを取り出し、緊急連絡先として教えてもらってから一度もかけたことのない佐神個人の携帯に電話をかけた。

その後のことは、よく覚えていない。

「俺って、最低だ」

暗闇の中で、宙は呟く。ここには罵声を浴びせる者も、慰めてくれる人もいない。

一人ぼっちで毛布にくるまり、声を殺してすすり泣くことしかできない自分が酷く惨めだ。

後悔しても、何もかもが遅い。

＊＊＊＊

翌朝、宙が目覚めると既に海咲は撮影に出かけた後だった。忙しいにもかかわらず、宙の朝食までテーブルに置いてあり、傍らのメモには『お昼ご飯は管理人のおばちゃんが持ってきてくれるからね』と丁寧な字で書かれていた。

夜になって、佐神が寮を訪れた。

海咲は撮影が長引いてるようで、今夜は遅くなるらしい。そう告げる佐神に、宙は青白い顔で俯く。

「夕飯は食べた？」

「まだです」

正直、食欲はない。昼食もラップをかけて、冷蔵庫にそのまま入っている。

「できれば、食べてほしいな。固形物が無理なら、栄養ゼリーもあるからね」

リビングでテーブルを挟んで座ると、佐神がデリの手提げ袋をテーブルに置く。

「おむすびと、チキンサラダ。少しでもお腹に入れて」

「はい」

やはり真っ直ぐに彼を見ることができずにいる宙に、佐神が優しく語りかけてくれる。

「全部終わったから、もう本当に大丈夫。お母さんとは、暫く事務所を通しての遣《や》り取りになるけれどいいね」

「ご迷惑をおかけしてすみません。海咲さんや、みんなには……」

「全て説明したよ。みんな、宙を心配している」

これから一層、事務所には多大な迷惑をかけることになると、全員分かっているはずだ。それなのに宙を責めず、社長である佐神も宙を気遣ってくれる。

その気持ちに勇気をもらって、こくりと頷く。ただ宙には、どうしてもけじめをつけなければならないことがあった。

「……望……いえ、兄はどうしてますか？」

「お兄さんは、大丈夫。安心して」

一呼吸置いて、佐神が続ける。

「望君は、実はいろいろあって俺の大学時代の先輩のところに住んでいるんだ。それで俺も彼の存在は知ってたけど、まさか宙君のお兄さんとは夢にも思わなかったよ。……世間は狭いよね。しかし神様も、粋な悪戯《いたずら》をするものだと思わないかい？」

大げさに肩を竦めるジェスチャーをした佐神に、宙はくすりと小さく笑う。するとほっとしたように、佐神も頰を緩ませた。

「向こうも宙君が俺の事務所にいると知って、驚いていたよ」

「そうなんですか……」

なにもかも偶然だが、つまり自分は佐神の私的な交友関係にも亀裂が入りかねない事件を起こしてしまったことになる。

「今更どんなに謝っても、取り返しがつかないけれど……兄に手紙を書きたいんです。その、佐神さんの先輩という方を通して届けてもらえますか？」

直接謝罪をしたかったが、それは宙の一方的な感情の押しつけになってしまう。手紙ならばまだ、受け取り拒否という形で宙の感情を拒絶する選択肢もあると考えたのだ。

「手紙を受け取ったお兄さんが読んでくれるか、そもそも受け取ってくれるかは分からない。それでもいい？」

甘い言葉だけでなく、佐神は現実もしっかり告げてくれる。宙の覚悟を余さず受け取ってくれたように思えて、決意は一層強くなった。

「はい。構いません」

「分かった。渡せるように手配するよ」

「ありがとうございます」

折角自分を事務所へ入れてくれたのに、佐神には迷惑しかかけていない。そんな自分が情けなくて、涙が出てくる。

しかし佐神は宙を叱責するでもなく、静かに告げた。

「宙君はこれから自分を、そして自分の大切なものをちゃんと大事にしてほしい」

「ずっと聞きたかったんですけど。佐神さんはどうして、俺なんかを事務所に入れてくれたんですか……」

「俺ね、原石見つけるの得意なんだよ」

顔を上げて、宙はまじまじと佐神を見つめる。相変わらず柔らかな微笑みを浮かべる佐神の言葉を、どこまで本気にしていいのか困惑する。

「宙君に才能があるのは直ぐに分かった。なのに君の周りが理解していないのが悔しくてね。ずっと狙っていたんだよ」

前の事務所は問題があったが、だからといって契約を無視して引き抜くことはできない。時間をかけて根回しをしたものの、最終的には力業になったと佐神が苦笑する。

「まだ、信じられない？」

「………」

信じられないのは、佐神のことではなく自分自身だった。

確かに、佐神が移籍に尽力してくれたのは事実だ。けれどまだ疑問はある。訊《き》いてもいいのだろうかと逡巡する宙に、佐神は根気よく語りかけてくれる。

「俺がごく個人的に、一人の人間の感情として、宙君を欲しいと思ったんだ。本当だよ。――俺、子どもの頃から周囲の目ばかり気にしててね……自分らしい感覚というか、感情がどこか欠けてると言うのかな。自発的な感情の動きが少ないんだ。例えばだけど、俺甘いものが好きなんだけど、欲しそうな人がいると何の気なくあげちゃったりするんだ。我慢するとか譲るとか、そんな気持ちもない」

「佐神さんが優しい、ということじゃないんですか?」

そうではない、と佐神が首を横に振る。

「子どもの頃から我儘《わがまま》一つ言わないし主張もしない。両親が心配するほど、俺は感情の起伏がない人間だったんだ」

舞台上の彼にもこうして話している彼にも、そんな片鱗は窺えない。

「とてもそんな風には思えません。あんな感情表現豊かにいろんな役を演じられるのに」

「自分自身がまっさらだから、いろんな仮面を被れるって感じかな」

にわかには信じられない告白に宙はただ戸惑う。

「そんな『己がない、何ものにも心を揺るがされない自分』を変えたかったのと、自然に振る舞えるようになりたくて役者を志した。確かにお芝居の世界は楽しいし、ある程度の評価もされてる。けれど物語の人物にほんのつかの間だけ成り代わることはできても、自分自身は変わらなかった」

「でも佐神さんは凄く社交的ですし、バラエティ番組とかにもよく呼ばれますよね。感情が欠けてるなんて……いや、あの、佐神さんが嘘を言ってるとかじゃなくて……すみません」

「気にしないで。宙君がそう感じるのも分かるからね。社交的に見えるのは、子どもの頃から積み重ねてきたたまものだよ。芝居の稽古と同じ――もっと基礎的かな。反復訓練だから」

でもね、と佐神が身を乗り出して、大きな手で宙の手を取る。

「君を見た瞬間、世界が一変したんだ。オーディションでみせた宙君の演技は、俺の心を動かしてくれた」

心から嬉しそうに笑う佐神に、宙は呆然としてしまう。ずっと憧れていた相手から、自分の演技でこれまで動くことのなかった心を動かされたなんて言われたのだ。

「この子は素晴らしい役者になるって、確信したよ」

あまりの褒め言葉と情熱的な眼差しに、宙は真っ赤になった。

「俺としてはアイドル路線より、俳優の方が圧倒的に向いていると思うのだけど。これからの方針の一つとして、考えてもらえるかな？」

確かに佐神からすれば、アイドルのオーディションばかり受けていた宙に全く違う方面を勧めるのは躊躇もあるだろう。あくまで宙の意見を尊重したいという形で話す佐神に、気遣

われて嬉しい反面、こんな分不相応なほどの期待に応えられるだろうかと宙は気持ちを引き締めた。

「俺、役者としての勉強もします。……ひゃっ」

いきなり佐神の手が頬に触れて、宙は甲高い悲鳴を上げてしまった。

「少し熱があるみたいだね。顔が熱い。疲れが出たのかな」

まさか『佐神さんが熱烈なことばかり言うからです』などと言えるはずもなく、宙は慌てる。

「だ、大丈夫です！」

よりにもよってこんな瞬間に、海咲から言われた言葉が頭を過った。

『宙君ってさ、社長のこと好きでしょ。恋愛的な意味で』

――俺、佐神さんを……。

意識してしまうと、触れた部分が更に熱を帯びる。単に気遣われているだけなのに、なんてお手軽な性格だと、自分が情けなくなった。

「こんな俺に期待してくれて、ありがとうございます。立派な商品になれるように、頑張ります」

佐神は優しい笑みを深めてから、真剣な表情になると握る手に力を込める。

「期待してるよ。俺は宙君を一過性で忘れ去られるようなアイドルにする気はない。君の才能はそんな枠には収まらないからね」

憧れの人からの言葉に、胸の奥が熱くなる。

――俺なんかが、佐神さんをそういう意味で好きになっていい訳がない。

期待外れに終わって彼に見捨てられないよう、浮かれていないで精一杯の努力をしようと改めて気合いを入れる。

「一晩休んで、少し落ち着いた？」

「はい」

「じゃあ明日お昼一緒に食べようか。それから服を買いに行こう。気分転換もしないとね」

「大丈夫です。海咲さんからお下がりをたくさん頂いたので」

「俺が買いたいの。駄目？」

ちょっと芝居がかった仕草で首を傾げる佐神に、宙はぼうっと見惚れてしまう。

大人の男の人がそんなあざといポーズをしてみせて、それがこんなに可愛くて格好いいだなんて一体どういう了見なんだと思う。

気づけばいつの間にか明日の約束を取り付けられており、有耶無耶《うやむや》のうちに買い物の予定がしっかりとスケジュールに組み込まれていた。

翌日。佐神の運転する車で連れて行かれたのは、誰もが知る百貨店だった。しかも店内を見て回るのではなく、佐神が入るなりどこからともなくスーツの男性達が現れて、特別室へと案内される。

「あの、これって……」

「人混みは疲れるから、個室にしてもらったんだけれど。宙君はお店で見たかった？」

「いえ」

子役時代、ドラマでお金持ちの子の役を演じた際に、似たようなシーンを撮った記憶がある。

——もしかしなくても、外商ってやつ？　佐神さんて、そんなにお金持ちなの？

芸能事務所の社長をしているくらいだから、宙と生活のレベルが違うのは分かる。しかし目の前に次々並べられていく服や靴、化粧品を見るに想像以上だ。

「すみません、俺の給料じゃ前借りしても払い終えるまで何年かかるか……」

こそりと耳打ちすると、怪訝《けげん》そうな顔で見返される。そして佐神は心底不思議そうに、とんでもないことを言ったのだ。

「俺のポケットマネーだから、気にせず選んでね」

——無理です！

叫びたかったけれど、とてもそんな雰囲気ではない。店員は慣れた様子で見守っており、無言で身を強張らせている宙の緊張を解そうとしてか飲み物や軽食を用意してくれる。

「好みじゃないかな？　――君、現在取り扱いのある全部のブランドを用意してくれ」

「かしこまりました」

「大丈夫です！　この服、俺、凄く好きです！」

咄嗟に側にあったパーカを手に取って、佐神に差し出す。すると彼は少し考えてから、頷いた。

「そうだね。今回はカジュアル系で纏めてみよう。靴とスーツは改めてオーダーすることにして、とりあえずこのブランドのこのラインで、今シーズンの新作を一とおり揃えてくれ」

「へ？　一とおり？」

間抜けな声を上げてしまった宙だが、目の前で繰り広げられる展開に全く頭が付いていかないので仕方がないとも言えた。

「迷ってるみたいだから、全部買っちゃった方が早いかと思って。それとも宙君がよければ、俺の好みで揃えるけど？」

――どういうこと？

必死に考えた結果、宙の返答次第で一つのハイブランドの新作全てを買われてしまうのだと気づく。いくらポケットマネーでも、いや、だからこそそんなことはさせられない。

「佐神さんの好みでいいです！　ただできれば一週間分くらいで、抑えてください」

「え、たったそれだけ？」

佐神は納得いかない様子だが、宙が必死に頼み込むと渋々頷いてくれる。けれど服以外にも下着やスキンケアまであれこれと揃えられ、結局はかなりの額を支払ってもらうことになってしまった。呆気に取られる間にも買い込んだ商品は全て配送の手配がなされ、宙は唖然《あぜん》としながら手ぶらで百貨店を出る。

スマートにエスコートされるまま車に乗り込むと、佐神は寮ではなく事務所に向かった。そして改めて、新しく整えられた書類を確認するように告げられる。

「――これからはレッスン以外に、エステやジムにも通ってもらうからね。これが契約書、問題なければ署名してね」

これまでも事務所からは必要経費としてそれらの費用も振り込まれていたが、全て母が使い込んでいたのだと知らされて、恥ずかしいやら情けないやらでいたたまれない気持ちになる。

佐神からすれば、使い込まれていたも同然なのだから大損害に決まっている。むしろ宙が損害賠償を請求されてもおかしくないはずだ。

「俺、迷惑ばかりかけてるのに。どうやってお返しすればいいか……」

「『お返し』なんて必要ない。宙君は俺がやっと見つけた原石なんだ。これからは、君自身に直接投資できることが楽しみで仕方ないんだ。今日のなんて序の口にも至らないよ。覚悟していてね」

まるでファンサのようにウインクされて、この人はどこまで本気なんだろうと思う。

「レッスンは当然だけど、エステだって本格的に始めると大変だよ」

「そうなんですか……佐神さん、どうして俺なんかにここまでしてくれるのか、やっぱり分かりません」

「君にはそれだけの価値があるんだよ。だから『どうして』とか、『なんか』なんて口にしたらダメだ」

真顔で告げる佐神に、宙はどう答えていいのか迷ってしまう。期待されるのは嬉しいが、本当に彼の思う価値があるなんてどうしても信じられない。

「宙君、俺のために笑ってくれないか？」

「佐神さんの、ため」

ずっと憧れた人が、こんなにも自分を気にかけてくれている。

すぐに自信は持てそうにないけれど、佐神のためになら何だってしてやるという気持ちが膨らむ。

――頑張ろう……頑張らなくちゃ。

宙は書類にサインをすると、ぎこちなく微笑んだ。

宙が寮に入って、あっという間に二週間が過ぎた。事務所がお膳立てしてくれるレッスンはどれも目が覚めるように面白く、忙しくも充実している。

――寮に入っていたら、こんな生活ができてたんだ。

スケジュール調整がなかなか難しく、事務所所属のタレントが全員揃っての歓迎会こそ未だ開かれていないが、それぞれ時間を作って宙と海咲の部屋に来てくれる。

皆、良い意味で一癖も二癖もある人ばかりで、彼らと話をするのは宙にとって新鮮だった。

改めて思うのは、自分がいかに他者と関わりを持たずに過ごしてきたかという現実だ。佐神の事務所に移って一年が経つのに、自分は社長である佐神とマネージャー代わりを務めてくれていた三好以外とは挨拶程度しか接点がない。

まともに通うようになった高校も必要な出席数ギリギリで、卒業した現在でも連絡を取りあうような友達は結局できなかった。事務所のタレント仲間と挨拶を兼ねた雑談をすれば、自然と趣味や休日の話題にもなる。そんな時、宙は困ってしまうのだ。

佐神に引き抜かれてからも、母が許可しなければ事務所に顔を出すことさえできなかった。学校が終われば、自宅でダンスの自主練や母がどこからか持って来たオーディションの書類にサインをするだけ。他にすることといえば……。

——母さんの愚痴を聞くだけだったな。

ここ数年、昼間から酒を飲んでは、宙の不遇を嘆くようになっていた母。いかに宙が子役として優秀だったか、そして将来は素敵なアイドルになれると饒舌《じょうぜつ》に語る母に、ただ笑って頷くしかなかった。そうしなければ母は泣き出して、始末に負えなくなるのだ。

レッスンや勉強に打ち込める環境ではまったくなかったのだと、母から離れて宙はやっと気づくことができた。

第三者から見れば異常な家庭環境の話をしても、海咲はただ黙って聞いてくれる。同情を向けられたり慰められるより気が楽で、いつしか宙は海咲には過去の自分がしてしまった過ちも全て話していた。

海咲は厳しい表情で宙をじっと見つめ、軽蔑されても仕方ないと固唾《かたず》を呑む宙に強烈なデコピンをひとつする。

そして、額を押さえて涙目になった宙を抱きしめて、

『宙君よく頑張ったね。しんどかったね。これから償える相手には、きっちり償っていこ。僕も手伝うから』

と言ってくれたのだ。

何だかどっと体の力が抜けて、その日、宙は体が乾涸《ひから》びるんじゃないかというくらい泣い

てしまった。

そんな風に心の内を話せる相手ができた他にも、宙の生活は大きく変化した。

佐神と買い物をした翌日から、早速本格的なレッスン漬けの日々が始まったのである。

これまでネットの動画を見ながら自主的に勉強してきた内容とは当然ガラッと異なり、各分野の第一線を育ててきた一流の講師が付く専門的なカリキュラムに、宙はついていくのがやっとだった。だが辛くても真摯に取り組む事務所の仲間達に囲まれ、互いに切磋琢磨するうちに、大変な思いをして食らいついていく楽しさも知った。

ダンスはヒップホップや日舞、バレエのコンテンポラリーなど様々なスタイルを習得することになった。ボイストレーニングも歌唱に限らず、滑舌に重点を置いた内容も組み込まれた。

更には蔑ろにしてきてしまった学校の勉強も、佐神の指示で改めて基礎から見てもらえることが決まった。

同じ事務所とはいえ、自分より年下の仲間達と机を並べて勉強するのは少し抵抗があったけれど、それもすぐに気にならなくなった。

何しろ、新しく吸収することが楽しくて仕方がない。こんな気持ちで取り組むのは、いつぶりだろうか。もしかしたら生まれて初めてのことかもしれない。

しかしふと、忙しい日常の中で不安が過る時もある。

相変わらず自分だけは、仕事がないのだ。この事務所に移籍してから受けた仕事は、あのトラブルを起こす直前に撮影した学校のPR動画一本だけ。

トラブルが内々で処理されたのでスポンサー側に知られなかったことが幸いと言えば幸いだったが、それならば自分が仕事を得られない原因は、実力不足以外の何ものでもないではないか。

そんな焦りと不安を抱えた宙は、事務所に舞い込んだという『アイドルデビュー確約』のオーディションの話を耳にする。寮での雑談の中で、話題に上ったのだ。

このところより力を入れている歌とダンスを活かせるのではないかと咄嗟に思ったし、佐神の事務所に持ち込まれるくらいだから怪しい話ではないはずだ。自分も受けてみたいと早速マネージャーの富島に相談を持ちかけたのだが、答えはまったく芳しくなかった。

「社長は君を演技者として売り出したいって聞いてるけれど」

「俺、やれることは全部やってみたいんです。やらせてください」

渋る富島に、宙は必死に食い下がる。

レッスンも今の自分には仕事のうちだと言われているし、それは当たり前だと自覚もしている。

それでも具体的に『仕事がない』以上は、自分は何もしてこなかったも同然だと思ってしまうのも正直なところだった。ずっと見放さずにいてくれる佐神の期待に、一刻も早く応えたいのだ。

「佐神さん、どうかお願いします！」

「宙君の希望を第一にすると約束したからには守らないとね。ただし、今回は今受けてるレッスンの習熟度を試すくらいの気持ちで、『受かる』ことばかりを意識しないように」

直談判して、富島と同じように眉間《みけん》に皺《しわ》を刻んだ佐神から「焦らないこと」を条件にオーディションのエントリーを取り付けることができた。

『いいね、桜川君。次の選考もたいへん楽しみです』

『既に持っているものも、更なるポテンシャルを感じさせる点も評価に値する』

『他の候補者から頭ひとつ抜きん出てると言っていい！』

審査員からの肯定的な言葉をこんなに浴びたことはないが、それが偶然の産物、ましてや相手の気まぐれなどでないことは宙自身よくわかっていた。

だから高揚はしても浮かれることなく、講師の先生達や佐神、富島に心の中で『ありがとうございます』と感謝した。

そんな風に『習熟度』という意味でも手応えを感じながら、オーディションは順調に進んでいった。

が、どうしてか最終選考では審査を受けることなく落とされてしまったのである。

宙自身、これまでにない手応えに『これはいける』と確信を抱いてもいたし、立ち会っていた富島は勿論、オーディションに参加していた他社のタレント達からも『宙が受かるだろう』と評されていたので、結果の報せを聞いて愕然《がくぜん》とするほかなかった。

更に宙を落ち込ませたのは、事務所仲間から聞かされた落選の経緯だ。

なんでも、先日の事件の話が表層的に伝わってしまったことで、『僅《わず》かでもスキャンダルの要素があるならば避けたい』と敬遠されてしまったというのだ。

事務所の仲間は『宙を落とすなんて勿体《もったい》ない！』と宙以上に怒ってくれたけれど、身から出た錆《さび》でしかない事態に、過去の自分が仕出かしたことがこうして今の自分を邪魔するのか、と乾いた笑いが零れ落ちていく。

しかし意気消沈する宙に対して、佐神は頭を深く下げるので慌ててしまう。

「あ、頭を上げてください！　どうして佐神さんがそんな……。全部、俺のせいなのに」

佐神はぐっと堪えるような間のあと頭を上げ、少し眉を下げる。

「実力だけなら選ばれていた。それだけのパフォーマンスを現場でも発揮できていたと、富島からも聞いてるよ。だからこそ、受ければ受かってしまうと思ったからエントリーさせたくなかった、というのが俺の本音」

「え、と……それってどういう……？」

「前に俺が、アイドル路線より俳優を目指してみないかって話したのは覚えてる？　宙君の自主性を優先したいなんて言いながら、俺は本気で君を今回のオーディションに送り出せなかった」

一呼吸置いて、佐神が静かに続けた。

「実際、スキャンダルの危険がなければ合格だったと伝えてくれた業界仲間がいてね……こんな結果を招いたのは気持ちも、噂に関しても中途半端な状態で送り出した俺の責任だ」

「それは、佐神さんの買い被りだったってことなんじゃ、ないですか」

宙は泣けばいいのか笑えばいいのかわからず、そのどちらともつかない顔になる。

佐神は真っ直ぐに宙を見つめ、真剣な表情でかぶりを振る。

「万全の準備をできず、そのせいで君の誠意も努力も矜持《きょうじ》も傷つけた。主催側にあの事件の真相とその後の処理を——桜川宙が現在はクリーンな存在であることを、申し入れておくべきだったんだ。これはすべて俺の、事務所の落ち度だ。申し訳ない」

「………………」

佐神の言葉は、勿体ないほどありがたいと思うし頭では理解できた。

誠意も痛いほど伝わってくる。けれど宙を責める者が誰もいない。その状況が、宙を自縄自縛に陥らせていった。

——こんなんじゃ、駄目なのに。

桜川宙が圧倒的な実力を見せておきながら不自然な形で落とされてしまったアイドルオーディションは、『よほどのスキャンダルを隠していたのだろう』という憶測を呼んだ。

誹謗中傷の類《たぐい》にはとうに慣れていたつもりだったけれど、どこへ行ってもあからさまに冷笑されたり好奇を隠しもしない視線に曝《さら》され続ければ、流石に落ち込む。

『マクラで仕事取ろうとしてバレたらしいじゃん』

『え、俺は女衒《ぜげん》の真似事したって聞いたけど』

『ゼゲンって何語よ?』

『他人に売春させたってことだろ』

『なにそれ、余計ヤベーな』

虚実入り混じる噂話と嘲るような笑い声が、更衣室に入ろうとした宙の足を床に縫い留めた。彼らは宙を完全に『加害者』と見なしているらしく、声を潜めようともしない。

——言い返したらダメだ。

訂正したところで、彼らは更に面白おかしく騒ぎ立てるだけだ。それに実際に自分のしたことは許されることではないと自覚している。

意識しないように気づいていない振りをしても、声が耳の奥にこびりついて宙の心をかき乱す。今日から始まった演技のワークショップも、あまり頭に入ってこない。

二十名ほどの参加者は、年齢、性別も様々。共通しているのは、全員がどこかしらの事務所や演劇集団に所属しているという点だ。

しかしワークショップが始まってしまえば参加者達は学ぶことに集中しており、宙を気にするものは誰もいないように思える。

——俺も頑張らないと。他人の目なんて、気にしてる暇はないんだ。

不安と自己嫌悪で本来の目的を忘れそうになっていた自分を鼓舞し、講師の言葉を懸命に聞き自分の演技に集中する。そして三時間のワークショップが終わってから、宙は講師を務めていた演出家の一人に勇気を出して歩み寄った。

その演出家は演劇界でも有名な人物で、普段は海外を拠点に活動している壮年の男性だ。厳しく頑固な性格だと知られており、今日のフィードバックの時間でも厳しい指摘を参加者に容赦なく浴びせていた。

「あの……少しお時間よろしいですか?」

「君、所属は? 質問は一つだけにしてくれよ」

「佐神芸能事務所の、桜川宙です」

眼鏡《めがね》の奥で、鋭い眼差しが宙をじろりと睨《にら》む。しかしここで臆しては、何も進まない。

「オーディションに受かる秘訣を教えていただけませんか」

自分でも馬鹿げた質問だと頭では分かっていたけれど、手短にすませるには他に言葉が浮かばなかったのだ。

講師が僅かに目を見開き、呆れたようにうーんと唸《うな》る。

こんなふんわりとした質問では、まともに取りあってくれるはずがないと気づいたが既に遅い。無視されるのを覚悟した宙だったが、意外にも講師は鞄を手に取ると中から一枚の名刺を出した。

「えっと、あの」

名刺を受け取った宙に、講師は重々しい声で静かに告げる。

「フィジカルな接触で、色気を出すのが手っ取り早い」

「フィジカルな？」

——ええと、肉体的……とかって意味だよな？　でも色気ってどういうこと？

正直こういった言い回しに強くないので返答に窮していると、講師がさりげなく宙の腰《こし》の辺りを撫でた。

「ひゃっ……？」

「反応がいいね。合格だ」

教室に残っている参加者達に聞かせたくないのか、講師は声を潜める。

「こうした接触は異論を唱える者もいるけれど、私個人としては有効だと考えている。まずは様々な感覚を肌《はだ》で理解し、表現に移す」

「はあ……けどあの、色気って？」

「君はとても理解が早そうだ。もっと深い身体接触を繰り返せば、形だけでなく内側からの感情表現が豊かになる。色気とは、まあ……そういった感情の総称みたいなものだと捉えてくれればいい」

正直何だかよく分からないけれど、真面目に説明をしてくれているのに話の腰を折るのは失礼だと考えて宙は黙って頷く。

「俺に足りないのは、内面からの感情表現なんですね」

「そう、そのとおり。だからこの場では人が多くて気が散る。私としては個人授業が望ましいのだが……」

一瞬ぽかんとした宙だが、すぐに個人レッスンの提案を彼の方からしてくれたのだと理解する。

——これって、チャンスだ！

断る理由などないに等しいのだが、問題が一つだけある。

「でも俺、レッスン料を支払えません」

事務所から給料は出ているけれど、世界的に有名な彼のレッスン料が払えるとは思えない。今回のワークショップだって、費用が事務所負担でなければ受講は叶わなかった。

「そうか……しかし君は魅力的だ。その将来に投資するつもりで、特別に無料で個人レッスンをしてあげるよ」

「本当ですか！」

笑顔の講師に、宙は感激して涙目になった。

――佐神さんも『俺の将来に投資』してるって言ってたし……よし。

これでやっと、佐神の期待に応えられる自分にきっと近づける。

「桜川君が良ければ、いつでも私の家に来なさい。その名刺に書いてあるホテルが今住んでいる所だから。フロントに連絡するといい」

「はい。ありがとうございます！」

宙は何度も頭を下げて教室を出た。


寮に戻ると、珍しく先に帰宅していた海咲が出迎えてくれた。

「戻りました」

「おかえりー、丁度夕食できたとこだから一緒に食べよう。今日はエビチリだよー」

演技だけでなく、海咲は料理も上手《じょうず》だ。バラエティ番組の創作料理対決で、俳優部門一位を取ったこともある腕前を持っている。

――俺も兄さんに任せてばかりいないで、身の回りのことは自分ですればよかった。

寮に入って改めて思うのは、日常の些細《ささい》な行動も全て仕事に反映されるということだ。料理も掃除も、自分でできるなら演技の糧になるしアピールポイントとして武器になる。

それらを全て『無駄』と決めつけ、兄に押しつけていたツケが今まさに回ってきている。それを挽回するためにも、今回の個人レッスンは必要だと宙は改めて思う。

「海咲さん。俺、明日の午後、出かけてきます」

「どこ行くの？　もしかして、社長とデート？」

「違いますよ」

そうだったらいいのにと思いつつ、宙は首を横に振り事の経緯を説明する。

「今日のワークショップで講師をしてくださった先生から、お誘いを受けたんです」

宙からすれば、無料で個人授業を受けられるまたとないチャンスだ。しかも講師は、演劇界でも有名な人物となれば、佐神も喜んでくれるだろう。

しかしどうしてか話をすればするほど、海咲の表情は曇っていく。

「そんなの危ないって。その講師、賞はいくつも取ってるけど私生活じゃいい噂聞かないよ。気に入った子をホテルや自宅に呼び出して、指導の名目で体触ったりするヤツじゃん」

ほら、と海咲がスマホを弄《いじ》り、ゴシップ記事がずらりと並んだ画面を見せてくる。ある程度話を盛られているとしても、係争寸前までいったような記事もちらほら見受けられ、少しだけ宙は迷った。

けれどやっと摑んだチャンスを手放すのは惜しい。

「でも俺はできることは全てしたいんです。それに、ちょっと触られるくらい俺は我慢します。内側からの色気が必要だって、先生も仰ってたし」

「あのさ、自分の言ってること分かってる？」

海咲の剣幕に怯みそうになるけれど、ここで引いたら二度とないチャンスを逃してしまう。

「事務所にも誰にも、絶対迷惑かけないって約束します。勉強になるなら、俺は……覚悟はできてます」

「そういうことじゃないんだってば！」

大真面目に言ったのに、海咲が泣きそうな顔で睨みつけた。

「宙君のバカ！　僕たちすごく、君が好きなんだよ！　もっと自分を大切にしてよ！」

「俺だって、皆さんの期待に応えたいからできることをやりたいんです」

「あーもう……宙君がすっごく嫌なコだったら、こんなに悩まなくて済むのに」

文句を言いながら、海咲が何処かに電話をかける。訳が分からず黙って見ていると、電話の相手が出るやいなや、海咲が怒鳴る。

「もうやだ！　宙君、危なっかしすぎるよ！　英《ひで》君の宝物なんだから、責任持って宙君を見張って！」

ぎゃあぎゃあと一方的に告げると、海咲は何ごともなかったかのように普段どおりの彼に戻った。

「これでよし。じゃあ、手洗ってきて。ご飯にしよう」

——英君？　誰だろう。

少なくとも事務所内で、そんな愛称で呼ばれている社員やタレントはいなかったはずだ。一体海咲は誰と話していたのかと疑問に思うが、とても尋ねられるような雰囲気ではない。

「食べ終わる頃に、迎えが来るから」

「……分かり、ました？」

なんとなく逆らってはいけないと本能で察した宙は、訳が分からないまま頷く。

そして先程の言い争いが嘘のような和《なご》やかな夕食が終わる頃、海咲が電話で呼び出した『英君』こと佐神が宙を迎えに来たのである。


仕事を終えて帰宅した直後、海咲から連絡を受けた佐神は、まず宙が講義を受けに行った演出家の講師に苦情のメールを入れた。と言ってもあからさまな内容ではなく、「彼に『事務所を通さず個人的かつ不用意に』近づいてくれるな」という文面に徹した。

——まさかこんなことになるとは。

相手の講師も最近の風潮は理解しているので、事務所側から牽制《けんせい》されれば手を引くだろうことは分かっている。

予想どおりすぐに謝罪の返信があり、これからはあくまでも事務的な付き合いをすると約束してくれた。個人的にはぶん殴ってやりたかったが、今後の関係を考えれば実質の被害が出ていない以上無闇に大事にするのは逆効果な時もある。

特に宙は、前の事務所の件で枕営業疑惑の噂が燻っている状態だ。ゴシップ誌——というか、発行元の出版社からすれば、無名に近い宙の方を面白おかしく書き立てる方が各方面に対して差し障りがないのだ。

そんな連中にわざわざ餌をやる必要はないので、佐神は無難な方針に決めたのである。

しかし、問題は宙の方だ。

慌てて寮に向かい宙を自宅のマンションへ連れ帰ったのは、三十分ほど前のこと。訳が分からないと言った様子の宙をソファに座らせ、一体何があったのか話すよう促したのだが……。

宙の話を聞き終えた時点で、佐神のはらわたは煮えくり返っていた。海咲からの電話である程度の内容は理解していたけれど、細かな遣り取りを知ってしまうと怒りが再燃してくる。

——あの野郎。釘《くぎ》を刺しておいたのに、いい度胸してるじゃないか。

今回の講師を務めた演出家と佐神は、面識がある。俳優としてのキャリアは素晴らしいものだったが、一線を退き演出の仕事に専念するようになって以降、私生活面で性的に奔放すぎると以前から有名な人物だ。

特に将来有望な若手を見つけると、声をかける悪癖がある。当然佐神も彼の悪癖は承知しており、事前に自社タレントには私的な接触を避けるようはっきりと告げてあった。

「――講師の先生も佐神さんと同じように、俺の将来に投資してくれるって仰ったんです」

しかし、結果はこれだ。必死に事情説明をする宙に、佐神は頭を抱える。

「確かに俺も、そうは言ったけど……」

佐神自身、宙のこれからのために使えるものがあるなら何でも差し出したい。それは心の底からの気持ちだ。

そう伝えたつもりの言葉が、色惚けジジイの甘言と重なってしまったことは、正直忸怩《じくじ》たるものがあった。

――宙は悪くない。悪いのはあの講師と俺だ。

ひたすらに、宙は真面目なのだ。だからこそ、その素質と性格を見抜かれ、弱みにつけ込まれた。

だから伝え方をひとつ間違えれば、宙は今回の件も自分に非があると考え、自分自身を更に責めてしまうだろう。

「落ち着いて聞いてほしいのだけど……確かに演技において、あらゆる経験値を上げることが有効な場合もある。でも、今の宙君は焦りすぎていると思う」

「……俺はこの一年、精一杯やってきたつもりです。でも足りないんです！」

「フィジカルな接触って、宙君は意味を理解してるの？」

「なんとなく分かります……色気を出せって言われたから。つまり、最終的にはセックスとか……そういう行為をするってことですよね？　海咲さんが見せてくれた記事に書いてありました。でも覚悟はしてます。俺、早くオーディションに受かって仕事をしたいんです。性的な経験が必要なら、俺は……やります」

唇を嚙みしめる宙の姿に、佐神は胸が痛くなる。決して興味本位で指導を受けようとしたわけではないし、避けられるならば勿論、避けたいルートだろう。けれどオーディションに落ち続け、現実の厳しさを突きつけられ自信を失くした宙は、彼なりに必死でこの状況を打開しようとしている。

気持ちは痛いほど理解できた。だがここで焦って道を逸《そ》れてしまえば、宙の心身に取り返しのつかない傷を負わせることになる。

佐神自身も、この世界に入った当初は無名。家の名前で仕事を取りたくなかったので、駆け出しの頃は祖母の旧姓を名乗り若手役者として必死に勉強した。幸いにも運と実力に恵まれ、遅咲きではあったがこうして独立し数名の若手を抱える事務所も持てた。

ここまでの道は決して平坦なものではなく、今の宙のように迷い、自暴自棄になりかけたことも数知れない。

――宙はきっと、運と実力。そのどちらも持ち合わせている。

あと少しで手が届くのに、馬鹿げた横やりで台無しになどしたくない。

実力に見合うほどの自信をつけて貰うためには、どうすれば良いのか。暫し考えてから、佐神は宙を初めて見た日の話をすることにした。

「宙君、君がまだ前の事務所に所属していた頃、オーディション番組に出演したことを覚えているかな？　三次選考は寸劇の台本を渡されて、即興で演技をしたあれ。あの時、うちの事務所の子も一人出ていて、付き添いで行ったんだ」

「覚えてます……見てたんですね……」

酷い内容のオーディションを思い出したのか宙が俯く。あれだけの扱いを受けたのだから、忘れられるはずもないだろう。

「あれはね、出来レースだったんだよ。最初から合格者が決まっていて、君は番組を盛り上げる駒だった」

「……！　そう、だったんですね」

「けれど、あの三次選考を見た誰もが、君の才能を理解していた。出来レースでなければ、確実に宙君が合格していたんだ」

これは慰めではなく、事実だ。あの時の宙の演技は荒削りなところはあるものの、一瞬で役を生きていた。よく『憑依型《ひょうい》』と言うが、まさにそれだったのだと佐神は強い口調で告げる。

佐神だけでなく、審査員たちも目を奪われていたが、最初からデビューさせる新人が決まっている前提の脚本は覆らない。

「最初から合格者が決まっていたとしても、批評で指摘された内容は事実だと受け止めてます。俺には何もかも足りてないって、痛感しましたし、実際あの後も指摘を受けました。気を遣っていただいて、ありがとうございます」

「……」

大真面目に告げる宙を前に、佐神は絶句した。

覚悟していた以上に、宙の心の傷は深いと佐神は知る。本来彼を支えるべき事務所も両親も、宙を金づるとしてしか見ていなかった結果がこれだ。

「俺は君に、もっと自信を持って欲しいんだ」

届かない言葉に、無力感が募る。それでも愚直に伝え続けるしかないのかもしれない。

このままでは、幾ら宙が真面目に取り組んだとしても、根本的なところで充足感を得られない。自尊心をぐちゃぐちゃに踏みにじられ、己が搾取されることを当たり前のように受け入れてしまっている宙の心を回復させるためには何が必要なのか、佐神は宙に葛藤を悟られないよう表情を変えずに考え続ける。

「好きでもない相手とセックスしたって、傷つくだけだよ。得られるものなんてない」

「だったら……好きな人とすればいいんですね？」

一瞬、何を言われたのか佐神は理解ができなかった。理解ある社長としての顔を忘れて、まじまじと宙を見つめる。

「恋人がいるのか？　いや、うちは恋愛禁止じゃないけれど」

「恋人はいません。でももして貰えるなら、佐神さんがいいです」

「——俺？」

「ずっと前から憧れだったんです」

思い詰めた様子の宙に、佐神は我に返った。

『恋人がいない』という宙の答えを聞いてほっとすると同時に、ほっとしてしまった自分の胸の内にある感情を自覚したのだ。

これまで宙に対して、己が特別な感情を抱いているのは分かっていた。しかしそれは俳優として輝く未来を持つ原石を前にしたそれで、決して今の宙に向けるべきものではない。

磨かれる前の原石に、不純な感情で触れれば光は濁る。

それを本能的に知っていたから、気づかない振りをしていたのだろうか。しかし宙のたった一言で、佐神の感情は抑えきれなくなる。

——俺は宙に、恋をしている。

初めて宙を見たとき感じた魂ごと揺さぶられるような、恐ろしい感情の波。生まれて初めて知るそれを与えてくれた宙を、何としてでも手に入れたいと思った。

単純に俳優としての宙を開花させたいだけなのだと、必死に思い込もうとしていたのかもしれない。

けれど正直なところ、『憧れ』と言われてしまったのは複雑だ。特別な気持ちを向けられているのは嬉しいけれど、それは己の求める、佐神自身が宙に抱いている感情とは違う。

——いや、今はそんなことを考えている場合じゃないだろ。

宙を恋人にしたいのなら、口説き落とせばいいだけだ。ただしそれは、今ではない。

「お願いします。俺、佐神さんに指導して欲しいんです。……なんでもするから、見捨てないで……ください……」

黙り込んだ佐神が呆れていると勘違いしたのか、宙は声を詰まらせ両手で顔を覆ってしまう。

こんな悲痛な言葉を言わせるために、宙を連れ帰ったわけではない。

佐神は宙の隣に座り、そっと手を取ると額に口づける。

「覚悟ができてるなら、シャワーを浴びておいで」

涙で濡《ぬ》れた目蓋《まぶた》を数回瞬かせた宙が、真っ赤になって頷いた。

——唇《くちびる》に、されると思ったのに。

バスルームで湯船に浸かりながら、宙《そら》は片手で額を撫《な》でた。

これから佐神《さがみ》とする行為を深く考えるのが少しだけ怖くて、気持ちを紛らわせたかったのだ。けれど触れた唇を思い出すのは逆効果でしかなく、鼓動がますます速くなる。

用意されていたバスローブを着てリビングに戻ると、ルームウェアに着替えた佐神が待っていた。

見つめてくる眼差《まなざ》しが少し熱を帯びているように感じるのは、気のせいだろうか。

「寮に帰る？」

「帰りません」

即答すると、佐神がゆっくりと宙に近づき濡《ぬ》れた前髪に唇を落とす。

その瞬間、抑えていた感情が爆発する。

「どうして、どうしておでこなんですか？　俺、佐神さんに教えてほしいんです……勢いなんかじゃありません。俺、佐神さんが……」

言いかけて、宙は寸前で言葉を飲み込む。

——どうしよう俺、佐神さんのこと本気で好きなんだ。

今の自分は『タレントとして失望されること』よりも『佐神に嫌われること』に恐怖を覚えていると自覚する。

だが同時に、そんな気持ちを伝えるわけにはいかないと思う。

——佐神さんは俺に期待してくれてるんだ。こんな浮かれた気持ちでいるなんて知られたら……絶対に呆《あき》れられる。

「泣かないで、宙」

「わっ」

不意打ちで抱き上げられた宙は、そのまま寝室へと運ばれてしまう。

間接照明だけの薄暗い寝室に、一人で寝るには広すぎるベッドが置かれていた。

——ベッド、大きい。

ふと、『やっぱり、彼女としたりするんだよね……』などと考えてしまう。

別に佐神が誰と付き合おうと、自分には関係ない。なのに胸がモヤモヤする。

「あ、あの。寝室じゃなくてもいいです」

「え、どうして？」

「彼女さんに、悪いですし」

しかし言ってしまってから、そもそもこういうことを頼んだこと自体がマズイのだと宙は今更ながら気づく。

「誰かに何か言われたの？」

佐神が宙をベッドに下ろし、顔を覗《のぞ》き込んでくる。その顔は、何故か怖い。

「恋人なんていないよ。この部屋に人を入れたのも、宙が初めて。引っ越し業者は？　とか、そういう突っ込みはナシの方向でね」

「あ、はい」

どこか焦ったように語る佐神に、失礼な頼み事を咎《とが》められると思っていた宙はぽかんとしてしまう。

「佐神さん、格好いいから。当然、付き合ってる人がいると思って……」

「そりゃ前にはいたこともあるけど、宙がうちの事務所に来てからは君だけ。信じて」

真顔で見つめてくる佐神は迫力がある。

最近は舞台出演の回数は減ったけれど、その存在感と舞台人としての迫力は十分に健在だ。

そんな人に、まるで口説くようなことを言われて頭の中がくらくらとする。

――俺だけって、どういう意味？　……あ、仕事に専念してたってことか。

あまりに優しい言葉をさらりと言うから、自分に都合の良い方に勘違いしてしまいそうになる。

肩を抱かれ横になるよう促された宙は、素直に従う。

これから自分は、佐神に抱かれるのだ。そう考えると気恥ずかしさと、少しの悲しみが心の中で入り乱れる。

あくまでこれは、レッスンの一つに過ぎない。恋愛なんて浮かれた感情は微塵《みじん》もない、真面目《まじめ》な触れ合いなのだ。

「怖かったら、我慢しないで言うんだよ」

「はい」

バスローブをはだけられ、宙は素肌《すはだ》を曝《さら》す。

いよいよ佐神とセックスをするのだと、覚悟を決める。深呼吸を繰り返す宙に佐神が覆い被《かぶ》さり、宥《なだ》めるように頬《ほお》を撫でた。

「大丈夫。全部俺に委ねて」

「……っ、ぁ」

脚の付け根に、佐神の手が触れる。殆《ほとん》ど自慰をしていなかった宙の自身に指を絡め、丁寧に扱《しご》き上げた。

「ひゃっ」

それだけで宙の体は、酷く反応してしまう。先端からは薄い蜜が零《こぼ》れ、佐神の指を汚していた。

「ご、め…なさ……い」

「謝らないで。宙は敏感なんだね、可愛《かわい》いよ」

「あ、ぁ」

軽く肌を撫でられただけで、甘い吐息が零れた。

——初めてなのに、こんな……じゃ……やらしいって、思われる。

必死に声を堪《こら》えようとするけれど、佐神は容赦なく宙の体を追い詰めていく。

「まって、佐神、さんっ……汚しちゃう、から……ッ」

制止しようとする宙を無視して、指が鈴口を強く擦《こす》った。その瞬間、耐えきれず宙は吐精する。

ビクビクと腰《こし》をしならせ手から逃げようとするけれど、佐神の長い指は蜜を零す先端を擽《くすぐ》りながら根元も同時に撫でてくれる。

「可愛い顔をちゃんと見せてくれて、宙はいい子だね」

「あ……」

顔を隠す間もなくイかされたと気づいて、宙は耳まで真っ赤になった。

「……俺、酷い顔して……見ないでください……」

「宙の感じてる顔、とても官能的で好きなんだけど。見せてくれないの？」

低く甘い声でねだられて、とても嫌だなんて言えない。

憧れであり、そして淡い恋心を自覚したばかりの大好きな相手が『見たい』と言っているのだから、宙が拒む理由はなかった。

「さ、佐神さんになら、いいです」

消えてしまいたいほど恥ずかしい。でも嬉《うれ》しそうに微笑《ほほえ》む佐神に、自分の羞恥心なんでどうでもよくなる。

この人が喜んでくれるのなら、自分は何でも差し出せる。

おずおずと脚を開けば、佐神はその間に体を入れて閉じられないようにしてしまう。いよいよその時が来たのだと、宙は身を強張らせた。

「ゴム、使うよ」

欲情してる雄の顔が、目の前にある。初めて見る佐神の表情に、背筋がぞくりと粟立《あわだ》つ。

けれど佐神の取った行動は、宙が想像していたそれとは違った。

いつの間にか用意されていたコンドームをパッケージから取り出すと、佐神はそれを自分の指に塡《は》めたのである。

——え？

セックスをするとばかり思っていた宙は訳が分からずきょとんとしていると、後孔に指が触れた。そして入り口を確かめるように撫でてから、ゆっくりと挿《はい》ってくる。

ゴムに付いてる潤滑ゼリーのお陰で、指はすんなり宙の体内へと飲み込まれていく。違和感はあるけれど、痛みはない。

「さ、佐神さん？　……なに、これ……あっ」

「気持ちいい？」

二本の指が何かを探すように襞《ひだ》をなぞる。そしてそれは、唐突に訪れた。腹側の一点を押された瞬間、宙は佐神にしがみつく。甘い痺《しび》れのような刺激に、頭の中が真っ白になった。

「ひ、ぅ……ぁ……」

「可愛いよ、宙」

前を擦られて感じるそれとは全く違う快感に、宙は身悶《みもだ》えた。腰から背中、首筋へと甘い電流が駆け抜ける。

「あ、ぁ。んっ……ふ」

射精には届かないけれど、指がそこを押す度に腰が跳ねてしまう。

「俺以外の誰にも、こんな可愛い君を見せないって約束して」

「やくそく、します……っ」

囁《ささや》かれる言葉の半分も、今の宙はまともに理解できずにいた。けれど内容が分からずとも、束縛の約束だというのは分かる。

——おれ、さがみさんに……もとめられてる。

その事実が酷く嬉しくて、宙は何度も頷《うなず》いてみせた。

「あ、佐神さん……も」

内股《うちもも》に硬い雄が当たり、宙はスラックス越しにも分かる佐神の性器に視線を向ける。明らかに勃《た》っているそれを見て、どうしようかと考えるけれど佐神はにこりと微笑んで首を横に振った。

「俺のことは気にしなくていい。宙が感じて気持ちよくなってくれれば、俺は嬉しいよ」

ここでやっと、佐神は最後までする気はないのだと気が付いた。

「なん、で？」

やはり自分は、魅力がないのだろうか。褒めてくれたのは、宙の不安を取り除くための嘘《うそ》だったのかと、ネガティブな考えが頭の中を駆け巡る。

「君は素敵だよ。だからこそ、この先には踏み込めない。君を綺麗《きれい》なまま磨き上げると、俺は俺の信じている芝居の神様に誓ったんだ」

宙の感じている不安を察したのか、佐神が真剣な面持ちで告げた。

その告白は嬉しいけれど、やはり不安も残る。同時に自分ばかり気持ちよくなる後ろめたさに、宙は涙ぐむ。

「ああ、泣かないで宙――感じている愛らしいその顔を見せてくれないか？」

目尻《めじり》にたまった涙を、佐神の唇が拭《ぬぐ》う。

「さがみ……さん……っん」

撫でられて膨らんだソコを指の腹で強く押され、宙は堪えきれず二度目の蜜を放つ。量は少なかったけれど、佐神の服を汚してしまい宙はいたたまれなくなる。

「ごめんなさい、俺……」

「大丈夫だから、落ち着いて。宙が可愛いからって、無理をさせた俺が悪い」

後孔から指が抜かれ、ほっとしたような寂しいような不思議な気持ちになる。お腹の内側がじんと疼《うず》いていたけれど、深呼吸を繰り返すとゆっくりと熱は落ち着いていった。

「このまま、横になっていなさい」

「……はい」

大人《おとな》しく頷くと佐神が寝室を出て行く。暫《しばら》くしてお湯で濡らしたタオルを持って戻ってくる。

まだ力の入らない望を、佐神は手早く拭《ふ》いてくれる。本来なら自分でするべきことだろうけど、今は少しだけ甘えたい。

「こんなに優しくされたら、佐神さんに依存しちゃいそうです」

「いいよ」

気恥ずかしさを誤魔化すように呟《つぶや》くと、あっさり即答されて逆に返答に困った。

――俺は佐神さんにとって何なんだろう。原石で、大切な相手で……こんな、いやらしいことまでしてもらって……。

「少しは摑《つか》めた？」

「え？」

「ほら、色気がどうとかってあれ」

聞かれて、宙は本来の目的を思い出す。佐神に愛撫《あいぶ》されている最中は、そんなことを考える余裕もなかった。

自分から頼んでおきながら、ただ快楽に溺れた自分が恥ずかしくなる。

「経験は確かに大切だ。でもね、無理をしたり考えなしに突っ走っても、良い結果は得られない」

「ごめんなさい」

「さっきも言ったけれど、君が謝る必要はなにもないんだよ。宙が俺のことを信じて、二人のペースで進んで行くのが一番の近道だって理解してくれたなら、それでいいんだ」

「……はい」

優しい言葉に、自然と涙が滲《にじ》む。以前の事務所では、こんなにも大切に想ってくれる大人は誰一人としていなかった。

自分はあくまで商品であり、価値がなくなれば用なしだといつの間にか思い込まされていたと今なら分かる。けれど佐神は違う。

自分は事務所に所属する『商品』ではあるけれど、一人の人間として扱ってくれている。

「宙は俺がこれからじっくり育てるから、大切なことは他の人に委ねないって約束して」

佐神の言うとおりだ。もしもあの講師の元へ行っていたら、自分は後悔していただろう。

「はい。俺の全部、佐神さんの考える形にしてください。これからもよろしくお願いします」

お礼を言うと、困ったように佐神が眉《まゆ》を顰《ひそ》めた。やはり自分の態度は良くなかったのかもしれないと思い至った宙は、急いでベッドから出ようとする。

「……宙、何してるの？」

「寮に帰ります。遅くまでご指導、ありがとうございました。……あ、終電終わってる。タクシー代は自分で払いますから、大丈夫です。ご迷惑おかけしました」

着てきた服を探すけれど、寝室には見当たらない。脱衣所に畳んで置きっぱなしだと思い出した宙が立ち上がると、背後から引き留めるように抱きしめられた。

「宙。今日は泊まっていって」

首筋にキスをされ、ほとんど落ち着いていた熱がじわりと呼び戻される。

思いがけない言葉と優しいキスに、宙は戸惑った。と同時に、ほんの少しだけ我儘《わがまま》な感情がこみ上げてくる。

――もっと甘えても、いいのかな？

佐神は事務所の社長なので多忙な日々を過ごしている。その上、宙の起こした事件の後始末で各方面を回って噂《うわさ》やら何やらの火消しに奔走していることも、お節介な芸能関係者が教えてくれた。

こんな特別レッスンをしてくれただけでもありがたいことなのだと頭では分かっていても、背中に感じる佐神の体温に宙の気持ちは揺らぐ。

「迷惑じゃ、ないですか？」

「そんなこと、あるわけない！」

どうしてか必死な様子の佐神に、宙は気圧《けお》され頷いてしまった。

「えっとじゃあ、お言葉に甘えます」

結局そのまま寝室に留《とど》まるように言われた宙は、用意してきたパジャマではなく佐神のものを渡される。

憧れの人の服を着るという夢のような出来事に胸が高鳴ったが、袖《そで》を通した時点で少し悲しくなった。

——大きい。

背は佐神の方が高いと分かっていたが、体格的には自分と似たような細身だとずっと思っていたのだ。しかし肩幅も、恐らくは筋肉の付き方も段違いだ。

——舞台俳優なんだし、当たり前か。

佐神の事務所に来るまではダンスの自主練しかやってこなかった自分と違い、佐神は長年舞台に立っていただけあってしっかりと筋肉が付いている。ミュージカルやダンス、時には殺陣《たて》などの立ち回りもこなすのだから当然だろう。

「ズボンは引きずりそうだから、上着だけで大丈夫です」

これでズボンまで穿《は》いたら丈の余り方に余計惨めな気持ちになると思ったので、宙は大真面目に辞退した。するとまた、佐神が困った様子で眉を寄せる。

「……すみません。俺、また失礼なこと言って……？」

「いや。――寝顔、見てていい？」

「え？　あ、はい」

強引に話を逸《そ》らされた気がしたが、違和感を問い詰める立場ではないと考える。宙は素直に頷くと、少し乱れたベッドに潜り込んだ。

「宙が寝たあと、俺も隣に入っていいかな？　何もしないから」

してくれても構わないのだけど、それを口にするのは違う気がした。

「佐神さんのベッドじゃないですか。お邪魔してるのは俺なんだから、気にせず寝てください」

「ありがとう。おやすみ、宙」

額にキスが落とされる。

有り余る優しさだけを与えられていると、宙は実感する。

――どうしたらお返しできるのか想像もつかないけれど……俺は俺なりに、ちゃんと考えていこう。

目蓋《まぶた》を閉じると、すぐに心地よい眠気が襲ってくる。その夜はいつぶりか分からないほど久しぶりに、宙は深く眠ることができた。

＊＊＊＊

事務所の窓から見える空は、愛《いと》しい宝物と同じくらい澄み渡っている。

――宙……世界で一番の原石、いや……愛らしい俺の宝物。

書類を片手にぼんやりと外を眺める佐神は、誰がどう見ても恋する中学生そのものだ。これが自宅であれば、誰の目も憚《はばか》らず好きにすればいい。

しかしこの事務所内に、社長室は存在しない。従って佐神は、出勤時から三好《みよし》を含めた社員やタレント達から不審な眼差しを向けられているのだけれど、本人は全く気づいていなかった。

「社長、やばくないですか？　わたしこれから、吉永《よしなが》君の撮影に付き添うんですけど……他のスタッフも、出払っちゃうし……」

「あ、僕お昼まで事務所待機だから安心して。他の人達が戻るまでには、どうにかしておく」

こそこそと話をしているのは、三好と海咲《みさき》だ。事務所スタッフは佐神と会長のお眼鏡《めがね》に適《かな》った人員で固めているので、数は少ない。なので必然的に、スタッフはマネージャー兼事務員として日々忙しく業務をこなす。

「会長が来てカツを入れてくれたら早いんだけど。忙しいもんね」

あははと笑い合う二人にも、佐神は無反応だ。呆れを通り越して諦めたのか、三好はバッグを抱えると海咲に後を託して事務所を出て行った。

「さてと……社長。英《ひで》君！」

「え、ああ？」

「正直に答えてね。宙君と何かあった？　もしかして、えっちした？」

「うっ……」

「その反応、イミ分からないんだけど」

椅子《いす》を持ってきて佐神の側に座った海咲が、盛大にため息を吐いた。ここでやっと、佐神は周囲の状況を理解する。

「あれ？　みんなは？」

「仕事ある子はマネと一緒に現場、三好さんはさっきまでいたけど、書類仕事が終わったから吉永君のトコに行った。宙君は日本舞踊のお稽古で、事務所に居るのは英君と僕と、富島《とみしま》だけだよ。朝一で今日のスケジュール確認したのに、もう忘れたの？　英君、ポンコツすぎない？」

容赦ない言葉に、佐神はただ項垂《うなだ》れる。事情を知らない者が見ていたならば、社長に対して随分失礼な物言いをすると、海咲の態度に驚くだろう。

しかし佐神は、海咲に対して苦笑するだけだ。

「海咲さあ、最近姉さんに似てきたよね」

「ああ、顔？　母さん美人だもんね」

にこりと笑う海咲は、可愛らしさの中にも毒と艶《つや》が入り交じる。彼は佐神の姉の息子《むすこ》で、つまり甥《おい》に当たるのだ。ちなみに会長は佐神の祖母が務めているが、名前を貸しているだけで殆ど表には出てこない。

海咲は佐神がこの事務所を立ち上げて暫くしてから、家出同然で転がり込んできた。

幼い頃から目立つことが好きな海咲は、物心ついた頃から『芸能人になる』と公言して両親を悩ませていた。

姉の嫁ぎ先である兼谷《かなや》家も佐神家同様にかなりの資産家であり、当時十五歳の息子の芸能界入りに良い顔はしなかった。そこで会長の祖母と佐神が間に入り、一年で芽が出なければ家に帰す約束で事務所に入れたのだが……海咲は一年どころか半年でモデルとして頭角を現し、現在ではバラエティ番組にもレギュラー出演する売れっ子となったのである。

そうなると兼谷家の親族も、海咲の芸能活動に関して何も言えなくなった。

結果として親戚《しんせき》の手前我慢してきた親馬鹿心が抑えきれなくなったのか、海咲の父は芸能界の荒波は辛いだろうという理由で、本家直属の執事を佐神の元に『好きに使ってくれ』と送り込んできた。

その人物が現在、敏腕マネージャーとして八面六臂《はちめんろっぴ》の活躍をしている富島である。

事務所歴の長いタレントは二人が親戚だと知っているけど、入ったばかりの子には萎縮させると可哀想《かわいそう》なのですぐには打ち明けないことにしている。なので宙にも、まだ知らせていない。苗字も『兼谷』姓で通しているので、自分から話さない限り佐神と親戚関係にあると疑われることもなかった。

今回のワークショップの件も、海咲が佐神の甥だと宙が知っていたら、相談しなかっただろう。海咲と佐神の意見はそう一致してるので、関係性を知らせなかったことは不幸中の幸いだった。

「で、話戻すけど。宙君とシたの？」

「えっ？」

「お互い好き合っているのはバレバレなんだから、そこでとぼけるのは無理があるんじゃない？」

あっけらかんとしている海咲に、佐神は困惑を隠せない。

「俺が自覚したところなのに、なんで海咲が知ってるの？」

「あんな可愛くて仕方ないって目で見てるくせに、自覚なかったわけ？　宝物とかさあ、宙君の居ないところで惚気《のろけ》られる身にもなってよ」

「う……」

この賢い甥には、昔から敵《かな》わない。

五人きょうだいで下から二番目の佐神は、海咲の母である直《す》ぐ上の姉には昔から頭が上がらなかった。容姿もそうだが性格も姉にそっくりの海咲の顔を見ていると、何故か姉の顔がちらつくのだ。

「英君、宙君のことはタレントとしても惚《ほ》れ込んでるから、そこの線引きは自分でも難しいとか？」

「いや、実際当面の保護者でもあるわけで、タレントに手を出すのがマズいということは重々承知しております。うん、俺がしっかりしないと」

必死に大人らしく取り繕《つくろ》おうとする佐神の心を見透かしたように、海咲が薄く笑う。

「宙君て強そうに見えるけど打たれ弱いし、真面目な分思い込みも強いからちゃんと見張っててね。不安定なとこがあるから心配なんだよ」

「かなり見てくれてるんだな」

「そりゃあ僕は、頼りになる同室の先輩だからね！」

「これからもよろしく頼むよ」

「それは勿論。宙君、ぶきっちょで一生懸命で可愛いし！　ねえ……英君がちゃんとしたいのは分かるけどさ。宙君には『社長』とか『保護者』よりずっと近い距離で支えてくれる存在が必要じゃない？　ときには大人の分別より大事なことってあるでしょ」

つまりはさっさと公認になってしまえと、急かされているのは分かる。しかし成長途中の宙に余計なことを考えさせるのはよろしくないとも思うのだ。

——何より俺は宙の憧れで、恋愛対象じゃないからな。

口説いて落とす自信は、それなりにある。が、実行に移すとなると、弱腰になる自分もいる。

昨夜の雰囲気からして脈がなくはないと思うけれど、今はまだ宙の気持ちを確認する勇気がない。何より自分の立場から迫れば、今の宙は拒めないだろう。

強引に母親から引き離しはしたが、だからといって心の自由や尊厳まで奪うつもりは決してなかった。

返事を濁す佐神にようやく諦めてくれたのか、海咲が肩を竦《すく》める。

そして海咲が思い出したようにぽんと手を打つ。

「言うの忘れてた。前に英君から頼まれてた『草の根《噂》バスターズ』（命名：僕）だけど。だいぶ効果出てきてるみたいだよ」

「そうか、やっぱりこういったことは現場に任せるのが一番だな」

理不尽な理由でオーディションを落とされた宙の件の後、当人の知らないところで事務所内は一致団結したのだ。

まず佐神が計画を立てたが、表立って動くには社長という立場は邪魔になる。そこで海咲が事務所内だけでなく、仕事で知り合った信頼できるスタッフに声をかけて、噂の火消しを行っているのだ。

ムキになって否定しても、疑いは晴れない。なので時間はかかるが、宙がいかに真面目で初心《うぶ》な性格で仕事やレッスンにどれだけ真摯《しんし》に取り組んでいるかということをさりげなく話題に交ぜて、流布している最中なのである。

元々、佐神の事務所に所属するタレントは公私ともにトラブルはなく、確実に売れているので各所からの評判も良い。

ゆっくりとだが、順調に宙の噂は『真面目で、枕営業などできる訳がない性格のタレント』という話に上書きされつつあった。

「で、宙君とエッチしたの？　僕は誤魔化されないよ」

――忘れてなかったか。

上手《うま》く話が逸れたと思っていたのは、佐神だけだったようだ。

「……プライベートに踏み込むなんて、海咲らしくない……」

「僕だって英君の夜の事情なんて聞きたくないよ。でも宙君が関わってるなら別。可愛い後輩の将来がかかってるんだからね。ていうか、なんで濁すの？」

興味本位ではなく、本気で心配しているのは伝わってくる。下手《へた》に誤魔化す方が良くないと判断して、佐神は昨夜の出来事を大まかに伝えた。

「はあぁ？　手？　はぁああ？」

「そんな大げさなリアクションすることか？」

「いや、だって英君馬鹿すぎでしょ！」

「俺も最低なことをしたと反省している。大切な宝物に手を出すなんて……」

「ばっかじゃねーの？　そんな中途半端なことするんじゃねえよ。どれだけ覚悟して宙君が誘ったか、分かってねぇだろ！」

海咲は兼谷家のお坊《ぼっ》ちゃんとしてそれなりの教育を受けて育ったが、切れると口が悪くなる点は姉そっくりだ。

隣室にいた富島が顔を覗かせるけど、様子を確認し佐神と視線が合うと首を横に振ってすぐさま引っ込んでしまった。

——逃げるなよ。お前それでも、海咲の執事か？

マネージャーと肩書きは変わったが、海咲に対しては執事として接しているのは知っている。だが今は、それどころではない。

「み、海咲。落ち着け」

「英君さあ、結構遊んでるくせになんで宙君のことになるとポンコツになるんだよ。今まではそれなりに上手くやってきたようだし、今回は本命だから口出ししなかったけどさあ……

あー、本命だからバカやっちゃうパターンか」

「一つ訂正させてくれ。俺はもう『遊んで』ない」

「そういうとこ……ホント馬鹿だよね！」

「お疲れ様です。どうしたんですか？」

背後からかけられた声に、佐神と海咲は同時に口を噤《つぐ》み普段の穏やかな表情に切り替わる。

事務所の入り口に立っていたのは、日舞のレッスンを終えたばかりの宙だった。先に我に返った海咲が、椅子から立ち上がって宙に駆け寄る。

「おつかれー。いやー、社長があり得ないミスしてさー。叱ってたとこ」

「え、佐神さん。大丈夫なんですか？」

不安げな宙に、佐神が上手く説明しようとするが振り返った海咲に睨《にら》まれ大人しく黙る。

「この人の自己責任だし。僕たち関係ないから、宙君が気にすることじゃないよ」

冷たい目で睨まれいたたまれないが、全ては佐神の自業自得だ。

「そうだ、これからパフェ食べに行こうよ。友達が映えるお店見つけてきてさ。一緒に行ってくれる人探してたんだよね。宙君はこのあと、予定入ってる？　僕夕方まで時間が空いちゃって暇してたんだ」

「いえ、今日のレッスンは全部終わってます」

「じゃあ決まり！」

かなり強引に宙の手を引き、海咲が出て行く。が、扉が閉まる前にひょこりと顔を出し、声は出さず口の動きだけで言葉を伝えてきた。

二人の足音が聞こえなくなるのを待って、佐神は両手で頭を抱え机に突っ伏す。

「『反省しろ』か」

確かに考えてみれば、自分の仕出かしたことは抱くより酷いことなのかもしれない。

勇気を振り絞って全てをさらけ出した宙に対して、自分はきちんと向き合えただろうか。

それこそ中途半端に触れて、却《かえ》って宙の自尊心を傷つけることになっていないだろうか。

——俺は何を浮かれていたんだ。

宙に対する気持ちは、恋愛感情だと断言できる。しかし不安定な宙に告げるべきではないと思うし、宙からすれば自分は『憧れ』でしかないのだ。

「どうしたらいいんだ」

正直、人生でこんなにも悩んだのは初めてのこと。自分の性格に折り合いをつけながら、順風満帆に生きてきた。

人間関係で拗《こじ》れたことだって、一度もないのが自慢だ。

だがこればかりは自分で答えを出さなければならない。

一つ選択を誤ったら、やっと見つけた宝物がこの手をすり抜けるどころか壊れてしまうことだってあり得るだろう。

隣室から様子を窺《うかが》いに出てきた富島から声をかけられても、佐神は頭を抱えたまま動けずにいた。

佐神に無理を言って『触れてもらって』から、数日が過ぎていた。

相変わらずレッスン、オーディション、レッスンの日々で、仕事らしい仕事はない。

翌朝は流石《さすが》に慌てたけど、佐神は普段どおりに接してくれたので、程なく宙も表面的には落ち着いて話ができるようになった。

——佐神さん的には、どう思ったんだろう。

滅茶苦茶《めちゃくちゃ》な頼み事を聞き入れてくれただけでなく、宙が傷つかないような形で所謂《いわゆる》『フィジカル』なレッスンをしてくれた。思い出せば顔が熱くなるけれど、宙としてはやはり佐神に触れてもらって良かったと思っている。

あのあと、件の演出家のワークショップは辞めてしまったけど、彼から言われたことは結果的に正しかったと思う。

——でも……佐神さん以外と、あんなことはしたくない。

約束をしたという理由もあるけれど、全てをさらけ出せるのはやはり佐神だけだと、実際に体験してみて痛いほど分かった。

オーディションに関しては、準備をして取り組んできたことの手応えをより感じられるようになってきていた。だがやはり最終選考かその手前止まり。

ただ以前のようにスタッフや審査員、そしてオーディションを受けに来た俳優達から、あからさまな好奇の視線を向けられることは少なくなっていた。

――挨拶しても、無視しないで答えてくれるし。ちょっとずつだけど、変わってきてるよな。

佐神が期待するレベルにはまだまだ届かない自分だが、周囲の反応が良い方向に変化していると宙自身も気づいていた。後はとにかく、レッスンに励み自分を磨くしかない。

「――宙君、ちょっといいかい？」

「はい。何でしょうか」

エステを終えた宙が事務所に戻ると、富島がデスクから手招く。当初は海咲専属のマネージャーとして配属されていたが、本人のスキルが高いので現在では所属するタレントの半数のスケジュール調整を担っている人物だ。

彼からすれば、仕事のない宙のスケジュールなど片手間でできると分かっているけれど、有能な富島に手間を取らせてしまっているという気持ちが強くて、未《いま》だに恐縮してしまう。

「例のＰＲ動画なんだけど、宙君の確認がまだだって三好さんから聞いてね。ネットでは流れているから、もう見たかな？」

「いえ……まだ見ていません。すみません」

「謝らないで。別に宙君を責めてる訳じゃないから」

兄の通っている通信制高校の紹介と入学案内のＰＲ動画が、この事務所に入って唯一まともにできた仕事だ。

何故自分が指名されたのかといえば、経営陣の有力者が宙のファンで是非にと推薦してくれたらしい。なので宙も、まさか行方知れずの兄が通っているなど、偶然廊下で鉢合わせるまで知らなかった。

撮影自体は問題なく済んでいたので、高校のホームページには宙が学園の生徒に扮《ふん》した紹介動画が上がっている。評判も上々だと、当時マネージャーとして同伴してくれた三好から聞いていた。

けれどあの事件を思い出すのがどうしても怖くて、宙は意識して見ないようにしていたのだ。

「あれ本当によくできてて、先方からも宙君を起用して良かったって言われてるんだよ。見れば絶対、宙君も自信が付くよ」

厚意で言ってくれていると分かるけど、まだ宙にはあの時の自分と向き合う勇気がない。上手くいかない不安を兄にぶつけ、あまつさえ犯罪に巻き込もうとした。

もしあの時、兄が体や心を傷つけられていたら、きっと自分は一生後悔を抱えていくことになっただろう。

「あの……富島さん。俺考えてたことがあって」

「うん」

「俺、まだ全然仕事がないじゃないですか。だからせめて事務所のチャンネルで、有料の動画配信とか……しちゃダメですか？」

「駄目だよ」

富島が答えるより先に、佐神の声が事務所内に響いた。微妙に空気が張り詰める。

「でも……」

反論しようとすると、富島が話題を変えようとしてくれる。

「そうか、宙君は動画編集もできるのか。だったら、編集をしてみないか？」

「いえ、実は難しい設定とか編集は兄がやってくれてたんです。だから編集作業はちょっと……」

以前は兄の望《のぞみ》が編集など全てこなしてくれていたため、彼が失踪してからはライブ配信に切り替えたという経緯がある。自分でも何度か編集をしたが、明らかに技術的にもお粗末で内容も面白くできず、苦労した記憶しかない。

「兄が家を出てからは、ライブ配信にして……動画編集は自分でもやってみたんですけど上手くできなくて」

三時間かけて取ったダンス動画が一瞬で消えたのは、今でもトラウマだ。

「その頃から、変なコメントも増えちゃって。そのお陰って言ったら変ですけど、それなりに打たれ強くはなりました。だから我慢もできます」

「変なコメント？　言える範囲でいいから、教えて」

いつの間にか席を立って側に来ていた佐神が、宙に問いかけた。別に隠すような内容でもない悪口の羅列だったので、宙はスマホに残っていたアーカイブ動画の一部を見せる。

「酷いな」

眉を顰める佐神に、宙はいたたまれない気持ちになった。自分を大切に思ってくれている人を、これ以上困らせたくなかったからだ。

宙は空元気を出して、気にしていない風を装って笑う。

「こういうのも経験だと思って割り切ってますから、俺は大丈夫です」

「しかし……」

「コメントは荒れる元だから、ファンには見られないようにって望から教えてもらいました。だから非公開設定にはしたので、炎上はなかったはずです」

とはいえ配信者側の宙には丸見えだ。中傷コメントが付く度に宙の表情が曇るので、察しの良いファンは何かしら気づいただろう。

コメントの殆どは好意的なものだけれど、宙をからかったり揚げ足を取るような内容も一定数流れてくる。それらはあからさまな暴言ではないものの、どうしたら相手が傷つくか理解した上で書き込んでいるとしか思えないものばかりだ。

一つ一つは些細《ささい》なからかいでも、何度も書き込まれれば真綿で首を絞められるような息苦しい気持ちになってくる。

「きっと編集が下手なのも、理由の一つだと思うんです。ああいう技術って、大切ですよね」

「それと、もともと設定してくれてた人――お兄さんが、変なワードをミュートしてたんじゃないかな?」

「ミュート?」

「ミュートワードとか、設定できるんじゃなかったかな? 流石に全部を未然に防ぐことは無理だろうけど、設定するだけで大分違うと思うよ」

「全部……兄に任せきりで……でも確かに、俺が見る前に何かしてた気がします」

「そうか、望君が――多分だけど、宙の目に入る前に望君が酷いコメントを消してくれてたんじゃないかな」

現在望は、パソコンの技術を見込まれ、プログラミングのアルバイトをしているのは宙も知らされていた。

確かに独学でそれだけの技術があるなら、コメントを素早く消すことも可能かも知れない。

——俺は兄さんに護《まも》られてたんだ。

何もかも、自分には足りず知らないことばかりで嫌になる。

「お話し中、失礼します。先日宙君が受けたオーディションの件で、ちょっと気になる連絡が入りまして……」

メールの確認をしていた三好が、困った様子で佐神に声をかけた。

「気になる連絡？」

「ええ、第三選考まで進んでいたオーディションです。宙君が最終選考に進んだとメールが届いたんですけど……『ライブ配信も行う最終選考を盛り上げるための、ライバル役として奮ってもらいたい』と」

「脚本があったということですか？　初耳です」

眉を顰めたのは富島だ。こういった出来レース的なオーディションが少なからずあることは経験済みだが、本来、基本的には事前に通達されるものだそうだ。

その上で参加するかどうかは事務所側が決めることであり、落とされる前提のタレントには『出演料』が支払われるのが筋なのだという。

特に『ライバル役』ともなればカメラが向けられる時間もそれなりに確保はされるだろうから、宣伝と割り切ればものによっては悪い話ではないとも言えるが……。

「宙君、続けますか？」

説明を受けて考え込んだ宙に、富島が落ち着いた声で問いかける。売れている売れていないなど関係なく、まずは本人の意思を優先してくれる。その上でこれまで培ったキャリアを元にアドバイスをしてくれるので、佐神とはまた違った頼れる存在なのだ。

「出来レースとまでは言いませんが、ほとんどその様相を呈してますね」

以前の出来レースオーディションが脳裏を過る。やっとつかみ取ったと思ったのに、最後の最後で宙の自尊心は踏みにじられた。筋の悪い役者として扱われ、カメラの前で言いがかりに近いダメ出しを受けたのだ。

当時は全て真剣に受け止めていたが、今なら彼らの言葉が難癖だったと宙にも分かり始めていた。

しかしだからといって、徹底的に否定された記憶が癒えたわけではない。背筋が冷たくなり、宙は唇を噛《か》む。

「私としては、これ以上関わるのはお勧めできません」

頷きかけて、宙はふと考える。

――富島さんの言うとおりだ。けど出続ければ、関係者の記憶に残るかもしれない。別の仕事に繋《つな》がる可能性だってあるんじゃないか？

でも、できれば二度と、あんなオーディションを受けたくない。佐神芸能事務所に所属している限りあそこまで酷い扱いを受けることはないと頭では分かっていても、脚が震えてくる。

「俺は……」

出ます、と言いかけたその時。佐神が遮る。

「事務所判断で辞退、一択だ」

「佐神さん……」

「おおかた宙の実力と憂いある佇《たたず》まいに目をつけて、正統派アイドルっぽい合格候補の子との画《え》を期待したんだろうとは思うけどね。上手くいくとは思えないな」

元々合格候補者が絞られているというのは、当たり前にあることだと思う。主催側としては、できるだけ趣旨に合った魅力的なキャストを選びたいに決まっている。

事前情報だって選考の一環だろう。それでも、『生』の息づかいでひっくり返せる場がオーディションなのだと、宙はようやくわかってきたところだった。

しかし第三選考まで来て、突然『実は合格者は決まっていました』と言われたも同然の事態だ。

呆然《ぼうぜん》とするほかない宙の前で、『はいそうですかと引き下がれるわけがない』と佐神が鮮烈に嗤《わら》う。

「なにより企画コンセプトがブレてる。これじゃ遅かれ早かれ、問題が発生するだろうしね。そんな所に、大事な宙を任せるわけにはいかないよ。富島も三好さんも、俺と同じ意見だよね？」

「勿論《もちろん》です」

「社長が仰《おっしゃ》らないなら、私が提案するところでした」

「じゃあ決まり。宙、もう行かなくていいから」

きっぱりと告げる佐神は笑顔なのに、目は全く笑っていない。

「では、辞退ということで先方に連絡しておきますね。うちの大事な商品を馬鹿にするなよって、オブラートに包んで伝えます」

すぐに三好がキーを叩《たた》き始める。こちらは明らかに、声に怒りが滲んでいた。

宙が呆気《あっけ》にとられている間に全ては決まり、最終選考の予定が入っていた日は終日ボイトレに変更となった。


その日は朝から、佐神は不機嫌だった。所属するタレント達の前ではにこやかに振る舞っていたけれど、それぞれが仕事やレッスンに出てしまうと椅子に凭《もた》れてため息を吐く。

「どいつもこいつも、いい加減にしろ。宙の実力を、知ってるくせに。圧倒的な才能を垣間見て、それを『利用する』ことしか考えつかないのか」

他者とのコミュニケーションに安心感を得ることができたせいか、あるいはあの夜のフィジカルレッスンが功を奏したのか。固かった蕾《つぼみ》が綻《ほころ》ぶようにして最近になってレッスンの成果が出てきた宙は、佐神の予想を超える勢いで輝きを見せ始めていた。

輝けば当然、『誰かの目に留まる率』は高くなる。タレントにとってそれは喜ばしいことだけれど、佐神が求めるものとは違う方向に事態は転がりつつあった。

現場レベルでは例の噂をまともに取りあう人間はほとんどいなくなったとは言え、よろしくないグループと実際に関わりがあった宙を、キャスト起用の決定権を持つ人物が良しとしない状況は、依然として変えられていない。

持ち込まれる話は先日のような出来レースオーディションの盛り立て役や、実際の演者としてはヒール役ばかり。

彼のトラウマが何ら払拭されていない状態で、出来レースに参加させる謂《いわ》れなど全くなかった。ヒール役に関していえば、それなりに知名度のある役柄のオーディションもなくはない。あえて避けているのは、単純に佐神が宙の完成形とするイメージではないからだ。

――イメージと違ってるなら、配役の選定で弾《はじ》かれるんだが……。

しかし宙ならばその演技力で、難なくヒール役の本分を全うできてしまうだろうことが困りものだった。そうなれば多くの『未だ桜川《さくらがわ》宙を発見していない』人々の記憶に、『嫌われる』役として刻まれてしまうのは確実だ。それも彼の輝き相応に鮮やかに。

日に日に輝きを増す宙を世に送り出すならば、考えうる限り最高の形でなくてはならない。そのために自分は誰よりも傍で支えることができる立場を手に入れたのだ。

一日も早く己の力で仕事を得たいと、宙自身が考えているのを痛いほど知っている。だからこそ全て宙の耳に入る前に断りを入れることにしているが、やはり歯痒《はがゆ》い思いは抑えきれない。

「こうなったら、家の名前を出してでも……」

「──全く、もっとどっしり構えなさい」

「お祖母様《ばあさま》。いらしてたんですか──お見苦しいところをお見せしました」

佐神は慌てて立ち上がり、入ってきた祖母の佐神千珠《ちず》に頭を下げる。

事務所の会長でもある彼女だが、滅多にここへは顔を出さないので、内心何ごとかと焦る。

「何か問題がありましたか？」

「そうじゃないよ。近くに来たから、寄っただけさ」

何を隠そう、彼女が味方をしてくれたお陰で佐神は芸能界入りができたのだ。現在は日本舞踊の師範としてタレント達に指導しつつ、事務所の会長として名前を貸してくれてもいる。そういう経緯もあって、佐神は祖母に全く頭が上がらない。

「それにしても、お前が演技でなく怒るなんて珍しいね。手ずから引き抜いた、あの子のことかい？」

「ええ、その節はありがとうございました」

祖母はなんでもないというように、笑って手を振る。

宙が巻き込まれた事件の真相を探る際や、以前に所属していた事務所からの移籍交渉も、裏からサポートしてくれたのは千珠その人だった。

「それで、どうするんだい？　このまま手を拱《こまね》いているつもりはないんだろ」

全ての状況を具体的に報告しているわけでもないのに、祖母の慧眼《けいがん》は流石だと佐神は内心舌を巻く。

「あの子は才能があるよ。もっと早くこっちの世界に来てたら、宗家の跡継ぎとして育てることもできたんだけどねえ。伝統芸能界隈はどこも後継者不足で難儀してるから、引く手あまただったろうよ」

「いくらお祖母様でも、宙は渡しませんよ」

祖母は若くして女優としてデビューし、その数年後に資産家である祖父に見初められ電撃引退をしている。当時は世紀の逸材が銀幕から消えたと多くの映画監督やファンから散々に嘆かれたらしい。

子育てを終えた後は日舞の普及に邁進《まいしん》し、踊りの世界だけでなく映画界・演劇界にも多大な影響力を持つ。

「お前がそこまで本気になれる相手を見つけたのは喜ばしいよ。けれど、さじ加減を間違ったらいけない」

「……はい」

　眼光鋭く見つめる祖母は、まるで佐神の心の中まで見透かしているようだ。

　宙に悪い影響を与える呪縛から解き放つこと自体は、概《おおむ》ね達成できたとは思う。酷く傷つけられくすんだ原石だった宙は、周囲からの情を受け止め吸収し、己の輝きを増す宝石へと変化しつつある。後はデビューの形とタイミングだけだが、逡巡《しゅんじゅん》もあった。

「実のところ、俺の計画で大丈夫なのか迷っています。マネージャーとして付いてくれてる富島は信頼できますし、他のスタッフの協力体制も問題ないはずなんですが……」

「本当にそれだけで守れるのかい？」

「どういう意味ですか、お祖母様」

「腹くくれって言ってるんだよ。あの子はお前の宝物なんだろう？　いくら信頼できるって言っても、他人に預けていいのかい？」

「……俺に、宙のマネージャーをやれということですか」

　それは将来的な計画の一つとして、視野に入れてはいる。しかし祖母は頭を振った。

「英人《ひでと》、お前が今役者として一番脂がのった時期だってのは私も知ってるよ。必要としてくれる制作陣も少なくないだろう。そりゃ欲しいと思ったものを幾つも手に入れる、器用な人間は多くいるさ。けどね、お前があの子に向けている感情は、大きすぎるんだよ。その気持

ちを持ったまま役者を続けたって半端になっちまう」

その言葉はストンと、胸に落ちた。

もしも相手が宙でなければ、自身の役者としての仕事もマネージメントも問題なくこなせただろう。

しかし自分の中で、あまりにも宙に対する比重が大きくなりすぎている。

現在のところ危うく保たれている均衡が崩れれば、抱えた全てを手放すことになる。

と、祖母は見抜いているのだ。

「そうか、そうですね。お祖母様の仰るとおりです。俺は自分の役者人生より、宙のための人生を生きたい」

小柄だが凛《りん》と背筋の伸びたクールな雰囲気の祖母が、ふっと息を吐いて相好《そうごう》を崩す。

「お前がそんなに入れ込むなんてねえ……確かに、あの子はお前には勿体《もったい》ない」

やっぱりうちの養子にしたいねえ、と呟いた祖母の言葉は聞こえなかった振りをする。

「彼、ちょうど今も、隣のレッスン棟でボイトレ中ですよ」

「じゃあちょっと見ていこうかね」

「案内しましょう」

「一人で行くよ。お前が一緒だと、あの子の気が散るだろ」

「それじゃあ、お気をつけて。今度ゆっくり伺《うかが》います」

再び一人になった佐神は、椅子に深く腰を下ろす。

確かに役者とマネジメントの二足の草鞋《わらじ》ではダメだと、頭のどこかでは分かっていた。最近は所属するタレント達の仕事も順調に増え、優秀なスタッフ達に任せきりというのも無理が出てきた。何より社長としての業務もある。

全てをそれなりにこなす自信はあるが、宙という存在は佐神にとって破格に特別だ。

——万が一、宙にまた何かトラブルがあったとしたら、現状の体制では守れない。

特別扱いをしていると自覚はあるし、幸いにも事務所の皆は快く見守ってくれている。宙だけでなく、彼らにも負担をかけないのは当然のこと——いや、そんなことはとっくに建前に過ぎなくなっていると理解していた。

周囲への負担を最小限に留めて己の生きたい人生を生きる最善の策は、祖母の言うとおり一つしかない。

「そうか、潮時だったんだな」

役者としての人生は、十分に楽しんだ。もっと上を目指せるとしても、宙と離れることになるなら意味などない。

これまで支えてくれたファンや役者仲間の顔が頭を過《よぎ》るけど、よそ見をしたままで舞台に上がる方が余程失礼だと嘆息する。

——もう俺は、宙から目が離せなくなっている。自分の舞台と宙を天秤《てんびん》にかけたら……いや、そんなことを考えるまでもなく答えが決まってるなんて、役者としては失格だ。……今受けている仕事が全て片付いたら、潔く引退してマネジメントに専念しよう。

決断した途端、胸の重しが取れたかのように晴れやかな気持ちになった。そして頭の中には、今後の育成計画が幾つも浮かぶ。

「さあ、これからどうやって育てていこうか」

宙は今、変化の端緒にある。彼自らの輝きを阻害していたものは取り除いたけれど、心には宙自身も自覚していない傷があるのだと思う。

これまで彼の純粋でどこか歪《いびつ》な在り方と触れ合ってきて、子ども時代に与えられて然《しか》るべき親の愛情が与えられない、努力しても努力しても踏みにじられるという体験が、宙に『誰からも愛されない』という思いを刷り込んでしまったのではないかと佐神は考えていた。その思いが根っこにあるからこそ、ああして惜しげもなく自分の体を差し出す行為に繋がるのだろう。

それは『愛されるため』に無意識でしていることだから、駆け引きや媚《こび》など打算がない分、つけ込まれやすい。であれば、まずは無自覚に呼び込む危険から遠ざけるためにも、そんな哀しく歪《ゆが》んだ価値観を払拭しなくてはならない。

そのためには溢《あふ》れるほどの信頼と、抱えきれないほどの愛情が必要だ。

たとえ自分は宙にとって『憧れ』でしかないとしても、彼を癒やし包み込む居場所くらいにはなれるはずだ。

いや、他ならぬ自分が、そうでありたい。

――こんなこと、考えたこともなかった。

恋愛感情でもそうでなくても、他人のテリトリーに深入りするような性格ではないと佐神自身がよく理解している。なのに今は、宙の笑顔を見るためならば地獄の業火に焼かれても構わないとさえ思うのだ。

舞台上でも感じたことのない、深い激情が己の中で燃えている。不思議とそれは心地よく、佐神は未来を想像して、ひっそりと微笑んだ。

＊＊＊＊＊

問題はいつも、何の前触れもなく起こる。

佐神が俳優を辞めると富島から知らされ、宙は呆然となった。

――俺のせい？　……きっとそうだ。

一部の週刊誌に、宙の名前こそ出ていなかったが、佐神の事務所がトラブルを抱えていると、まことしやかな記事が載ったのだ。すぐに飛ばし記事として拡散されるまでもなく消えたが、あれ以来宙は酷く落ち込んでいる。

一方の佐神は週刊誌の記事など意にも介さずというように、正式な引退に向けて各方面と調整に入ったらしい。

長期的な出演契約のあった仕事の降板交渉も、後任に自社タレントを推すという抜かりなさを見せつつ円滑に済ませて時期を定め、『俳優業を引退して事務所の仕事に専念する』と正式に事務所内の各タレント、スタッフ陣に通達を出した。富島は『何をやらせても器用な方ですからね』と淡々と応じ、海咲は『僕も美しい僕を覚えていてほしいから、社長を見習って勇退を決めよっと』と感心する様子さえ見せた。

他のタレント仲間やスタッフにも特段の混乱はない。

それが余計に、宙を不安にさせた。

——大切にしてもらっているのに、何も結果が出せないどころか、佐神さんの俳優人生を奪った。

どう考えても、切っ掛けは自分しか思いつかない。宙がこの事務所に移籍しなければ、無用なトラブルは防げたはずで、佐神だって余計な問題に時間を割く必要はなかったはずだ。

宙は自責の念に駆られるけれど、どうやって償えばいいのか分からない。いっそ自分こそが辞めるべきではないかとも考えたが、ここまで目をかけてもらっているのに逃げるなんて、そんな恩知らずなことなどできないと唇を噛む。

悩んだ末、宙は佐神と話をする場を設けてもらうことにした。

どう言えば伝わるか分からなかったから、宙は思いの丈をそのまま佐神にぶつけるしかない。

「――佐神さんが俳優を辞めるのって、俺が原因ですよね？　けど俺は、嫌です。佐神さんは舞台人としてこれからじゃないですか！　辞めるなんて、勿体ないです」

「俺はもう十分、舞台の上の人生を楽しんだ。だからこれからは、宙を含めた後輩の育成に専念したいんだ。本当だよ」

静かに告げる佐神からは、断固たる意思が伝わってくる。

けれど宙は、どうしても納得できない。

「これから先、タレントの宙もプライベートの宙も、一番近くで支えさせてほしい。そのためにマネジメントに専念することにしたんだ。これは俺の自分勝手。『俺がしたいこと』なんだ」

「……俺、佐神さんが好きなんです」

「宙、いまなんて」

「最初は、本当に憧れだったんだと思います。でも佐神さんに俺自身を見つけてもらって、一緒にいて大事にしてもらってるって思ったら俺……」

「宙……」

「勿論！　商品として大事にしてくれているのは分かってるんです。すみません、こんなの迷惑ですよね……えっとつまりその。大好きな、ずっと憧れてた人が辞めちゃうなんて、すごく悲しくて……」

思わず恋心を口走ってしまったが、思いはすべて本当だ。佐神は自分で決めたと言うけれど、切っ掛けになったのは宙だと自覚している。

「迷惑なわけない。誰より大事に思ってる。宙は俺の宝物なんだよ」

ゆっくりと近づいた佐神が、宙の頬に手を添える。あの夜以来、向けられていない甘く熱い眼差しを受けて宙は動けなくなった。

言葉も行動も、『どういう』意味なのか測りかねた。

大切に思ってくれてるのが分かって胸が痺れるように痛むけれど、それはあくまで商品としてだろうか？

それとも、とても都合の良い解釈をしてしまっていいのかと、宙は迷う。

愛撫するみたいに頬に触れていた手が、不意に頭を撫でる。

明らかな子ども扱いに、胸がますます苦しくなる。そんな宙を、佐神が優しく抱きしめた。

「あと少しなんだ。君が役者として初めて開花するまで、ここから見守らせてほしい」

「――俺、魅力ないですか？　男が無理なら、言ってください。振られたって自暴自棄になったりしません。レッスンも真面目に取り組みます」

いっそきっぱりと拒絶された方が、気持ちを断ち切れる。

「…………」

言い募る宙に、佐神は何か思案するように黙ってから、ことさら落ち着いた声で話し始めた。

「この際だから、はっきり言うよ。宙には君自身を拘束している足枷《あしかせ》がある」

「足枷、ですか」

「君は生まれついての魅力に溢れている」

「……っ、ありがとう、ございます？」

「そして、努力を惜しまない。どのレッスンへの取り組みも主体的で何ひとつ『受け身』ではないハングリーさと機に応じたクレバーさがあるって、どの講師も感心してる。俺自身が見ていてもそう。俺が宙くらいの頃、こんなにひたむきにやれてたかなって思うよ」

「そんなことは……」

佐神の話がどこへ向かおうとしているのか分からず、宙は戸惑いながら見つめ返す。

「それだけやって未だ『成功体験』を得られていない――宙の言う『仕事がない』状態が君を不安にしている」

「はい。だから俺、本当に申し訳なくて……」

「そうじゃない、そうじゃないんだよ。宙は賢いから、下積みの時代がどれだけ肝要かも分かってるはずだよね」

「勿論です！　でもいつまでも『下積み』というわけにはいかないですよね」

このジレンマが、宙を焦らせている原因の一つだ。

「うん。だから、そうやって宙を急き立てているのは、『誰からも本当には愛されないんじゃないか』っていう思い――違うかな？」

「……………！」

冷静な分析に、宙は目を見開く。

あらゆる環境を万全に整えてもらって、吸収することとチャレンジすること、何もかもが面白くて、でも確かに『何かが欠けている』と宙も自覚していた。

だがその『何か』の正体が分からず、藻掻《もが》いていた。

今の佐神の言葉が胸に真っ直ぐ落ちてきたことで、やっと自分の抱える無意識の『怯《おび》え』が邪魔をしているのだと理解した。

誰からも選ばれず、愛されず期待されないのなら、自分の方から先に『愛されたい』という切望を消してしまえばいい。

そんな考えが、いつもどこかにあったのかもしれない。

「それが、俺の足枷……」

「だと、俺は思ってる」

「どうすれば、いいんでしょうか」

「君自身が、紛れもなく『愛されていると自覚する』こと」

「愛されている、と……」

「俺を筆頭に、うちの面々はみんな、ちょっと鬱陶《うっとう》しいくらいに君のことが好きだよ。でもそれを宙が自覚しなければ」

「それじゃあ……またあの『指導』をしてください」

あの夜から、自分は確かに変わった。

佐神へと向かうこの気持ちが『憧れ』も『尊敬』も『感謝』も溶け合った恋愛感情なのだと気づいた今、触れてもらえることこそが『愛されている』と知る一番の方法ではないかと思えた。

たとえ佐神が自分を大事だと言ってくれているのがタレントとして、商品としてに過ぎないとしても、彼の優しさに縋《すが》ってしまいたかった。

「あの講師の先生に言われたことは、正しかったと思うんです」

「えっ」

「でも俺は、ああいうこと……佐神さんとしかしたくありません」

ほっとした様子の佐神が、宙の手を取る。

「ありがとう、宙。けどね、宙は今が一番大切な時期なんだ。先日のことは俺も反省してる」

「反省って……」

「宙は本当に魅力的だし、欲を言えばもっと触れたいと思った。でも、今君を抱くことはできない」

できない、という拒絶よりも『抱く』という単語に反応して、宙はびくりと肩を震わせた。一線を越えたいと思う反面、怖い気持ちがあるのも事実。そんな葛藤を見抜いた佐神が、宙の指先に口づける。

「困ったな。君にそんな顔をさせたいわけじゃないんだ」

「どんな顔、してますか？」

単純に疑問に思ったので聞いただけなのだけれど、返された言葉に赤面する。

「今にも泣き出しそうで、それを堪えてる……最高に色っぽい顔」

何故佐神は、そんな恥ずかしい言葉を嬉しそうに言えるのか、宙には理解できない。

「……っ！」

優しく眉を下げる佐神の表情があまりに甘くて、直視していられなくなる。

「俺がすることで、不安定になったら本末転倒だ」

「すみません……」

「謝らないで。そうだ、宙が良ければ暫く俺の所に住む？」

「えっ！」

「俺も宙が側にいてくれたら、君をよく観察できるし。これからの方向性の話し合いなんか

もしやすくなると思うんだ」

「いいんですか？」

即答の勢いで食いついてしまった自分に、内心現金なものだと呆れてしまう。佐神に役者を続けてほしい気持ちと、彼から専属のマネジメントを受けたい気持ちが混在してぐちゃぐちゃになっている。

「勿論！　俺が誘っているんだから、受け入れてくれたら嬉しいよ」

「じゃあ、お世話になりたい、です……」

そのぐちゃぐちゃに絡み合う気持ちを解けないまま、宙は佐神のペースに乗せられてしまう。

「それでは早速、可愛い宝物を我が家にお招きしよう。寮に戻って荷物を纏《まと》めておいてね。後で運ぶから」

「は、はい」

結局、佐神の引退を阻止することはできなかった。それどころかこれでは、なし崩しに専属マネージャーとして付いてもらうことを認めてしまったも同然だと宙は頭を抱える。

――あーもう。どうして俺は、こうなんだよ。

きっと相手が佐神でなければ、もっと建設的な話し合いができただろう。けれどあんなふうに口説くような物言いをされて、反論なんてできるはずがない。

「少し前にね、会長からも中途半端は止めるようにって言われて目が覚めたんだ。こんなにも俺の心を揺さぶってくれて、宙には感謝してる」

「俺、何もしてませんよ」

「そんなことはないさ」

にこにこと笑う佐神に問いかけようとしたところで、午前中の仕事を終えた海咲が戻ってくる。

「ただいまー」

「丁度良かった。海咲、今日から宙を俺の家で預かるから」

それに対する反応は、意外なものだった。

「いいけど、宙君泣かさないでよ。宙君も、社長と喧嘩《けんか》したらいつでも戻ってきてかまわないからね」

「……分かりました」

当然といった様子の海咲に、宙は頷くしかなかった。

その夜には少ない荷物を纏め、宙は佐神のマンションへと移動した。前に一度だけ入ったことがあるけど、相変わらずモデルルーム並みに生活感がない。空いている部屋は幾つもあったので、宙は一番狭い部屋に住むのだと思っていた。

けれど佐神は運び込んだ宙の荷物を、当然のように私室に持ち込んだ。

確かに部屋は広く、二人で使っても支障はないように感じる。

「気を遣って頂いてすみません。俺、居候《いそうろう》なのに……」

「居候？」

咎めるような佐神の声に、びくりと肩を竦ませる。何だか今日は、佐神の様子がおかしい。

「君は俺の宝物なんだから、居候なんて言わないこと。約束して。置いてあるものは好きに使ってくれて構わないから。ていうか、遠慮なんかしたら怒るからね。それとベッドも一緒だから。反論は認めません」

一息に言われて、宙はぽかんとして佐神を見つめる。

「……あの……ベッドは……」

「え、もしかして俺、寝相悪かった？　参ったな」

宙としてはベッドも一緒というのは流石に申し訳ないという気持ちだったのだが、佐神はどうしてか全く関係のないことで悩み始める。

「もう一回り大きいのに買い換えるか……すぐに納品してくれるお店を探さないと」

「いえ、佐神さんの寝相が悪いとかじゃないんです！　俺と一緒だと、佐神さん熟睡できないんじゃかないかって心配で」

「俺は宙と一緒の方が、熟睡できるよ。宙は嫌？」

逆に問われて、宙は慌てて首を横に振った。緊張はしても、嫌なわけがない。

「じゃあ、問題ないね」

大好きな佐神の笑顔に、宙は無言で頷くしかなかった。

——嬉しい、けど……。

憧れであり、恋心を向ける相手と同じ部屋で暮らすというだけでも舞い上がりそうなのに、これでは恋人同士みたいだと宙は内心複雑だ。

こうして同居生活が始まると、佐神は宙と更にスキンシップを取るようになった。

「宙、おいで」

「……佐神さん？」

おいでと言いながら、佐神の方から手を伸ばして宙を腕に抱き込む。こうした触れ合いは、特に理由もなく唐突に行われる。当初はそう感じていたが、程なく宙はあることに気づく。

佐神が触れてくるのは、自分の気持ちが沈んでいる時なのだ。

母の不可解な言動や、以前の事務所での出来事。そういった辛い記憶に苛《さいな》まれている時は勿論、兄に対して行った己の愚かな言動を思い起こして自己嫌悪に陥っていると、必ず温かい手が宙を包み込んでくれる。

「悩むことも必要だけれど、今の宙は正しく悩めていないからね。過剰に自分を傷つけても、答えは出ないよ」

優しい声と体温。そして惜しみなく注がれる愛情は宙を安心させてくれる。頭を撫でられたり、頬や額にキスをされると、不安にざわめく心は落ち着いた。大切にされているのだと言葉でも行動でも示されて、漠然とした不安は薄れていく。

抱きしめられる度に緊張していた体も、いつしか自分から彼に凭れるようになっていた。そんな宙を、佐神は優しく微笑んで受け入れてくれる。

あくまでこれは、佐神なりの商品に対するセラピーだと分かっていても、宙の恋心はどうしたって膨らむばかりだ。

——佐神さんは役者人生を捨ててまで、俺を一人前にしようとしてくれてる。頑張って、応えなくちゃ。

頭では理性的なことを考えていても、感情はどうにもならない。

数日もすると宙は『商品』の立場を忘れて、佐神の優しさを受け入れるようになってしまった。

許されない感情だと分かっているのに、惹かれる気持ちを止めることができない。

目覚ましのアラームで起きた宙は、隣で眠る佐神の肩をそっと揺さぶる。同じベッドで眠るのにも、すっかり慣れた。

「――おはようございます、佐神さん」

「おはよう。宙」

ゆっくりと佐神が目蓋を開ける。その瞳には、彼にとっての『商品』である自分だけが映っている。

複雑な気持ちを胸に隠して、宙はベッドから出た。

＊＊＊＊

一緒に暮らし始めてから、宙の表情はみるみるうちに変化していった。

以前のようにどこか怯えたように俯《うつむ》くことはほとんどなくなり、明らかに笑顔が増えている。それが佐神の欲目でない証拠に、海咲や富島達スタッフも宙の変化を喜んでいた。

やはり彼の心は、愛情の受容体が固く閉ざされていたのだと改めて確信する。

彼の母親が向けていたのは、愛情とは名ばかりの自己愛だ。本心から宙を大切にしていた頃もあったのだろうと祈るような気持ちになるが、結果として宙は目の前にある愛を受け取れずに飢えている子どもになってしまった。

役者として輝かせたいという欲は勿論あるけれど、なによりもまず彼の心に巣くう憂いを取り除いてやりたい気持ちが佐神を突き動かしている。

家に居る間はなるべく宙に寄り添い、あれこれと理由をつけレッスンの合間に外へ連れ出した。

次第に宙も自分が『大切にされている』と自覚するようになってきたのか、表情も柔らかくなった。

――やはり、俺の目に狂いはなかったな。

宙が子役として出演していたドラマを見返し、当時天使だと絶賛された笑顔が今の宙にいつの間にか戻ってきていると気が付いた日は、内心ガッツポーズで喜んだほどだ。

着実に宙は、良い方向に変化している。

それと比例するように、いやそれ以上に、己の独占欲も大きくなっていると佐神は認めざるを得ない。

同じベッドで休むことにさせたのは単純に、とかく内省的になりがちな『夜』という時間帯に人の体温を感じられる状況にしてやりたい。ただそれだけなのは天地神明に誓って真実だった。

なのに、傍らで安心しきって無防備に眠る宙の唇を、何度衝動的に奪いたくなってしまったか分からない。

佐神は最後の一線だけは越えるまいと、必死に欲を抑えつけた。

これは宙を護ると宣言した、佐神の矜持《きょうじ》に他ならない。本人の自覚の有無は関係なく、愛されるための代償として自分の体を差し出すなんて真似《まね》は絶対にさせないと決めたのだ。

いつか、そう遠くない未来に、宙は世間から認められる。その時が来て、自分は愛されて当然の存在であると心から分かった宙と、無垢な愛情を渡し合うためだけに抱き合いたい。

——宙が自分で自分を認められた時に、この思いを伝えよう。

慕ってくれる宙の気持ちが、依然として憧れの範疇《はんちゅう》にあるのか、それとも、俳優業を引退すると決めた佐神を引き留めようとして、あの日言ってくれたように恋愛感情に変わりつつあるのかは佐神にも分からない。

——『やっぱり違いました。憧れでしかなかったんです』なんて拒絶されたら……その時は、振り向かせるまでだ。

大人げないと分かっていても、大切な宝物を手放したくはないのだ。こんな切羽詰まってみっともない気持ちを抱えているなど知らず、宙は笑顔を向けてくれる。

これから何があろうと自分の人生の全てをかけて宙を護る。

佐神は改めて己に誓った。

＊＊＊＊

その日もこれまでと変わらないレッスン漬けの一日が始まるはずだったが、急遽《きゅうきょ》宙は午前のレッスン終了後、事務所での待機を命じられた。

昼間は殆どのタレントが仕事やレッスンで出払っているので、大抵は一人で昼食を取ることになる。

近くのコンビニでサラダと鮭おむすびを買い、電話番がてら食事をしていた宙だったが、そんなのんびりとした空気は富島の声で破られた。

「宙君、新しいオーディションが決まりました！　なんと、会長の推薦です！」

「えっ」

少し前になるが、宙は初めて会長の千珠と面談をした。というか、実は以前から通っていた日舞のお稽古の師範『ちず先生』が佐神の祖母であり事務所の会長なのだと明かされて、正直とても驚いた。

齢《よわい》九十を超えても現役の師範として指導を行っている千珠に、憧れるタレントは男女問わず多い。だが芸事には厳しく、所作が乱れれば容赦なく叱責が飛んでくるので苦手としている者も少なからずいる。

確かにちず先生は厳しいが、宙は誰にも平等に接してくれる彼女が好きだった。これまで一度も、実の祖母に会ったことのない宙にとって、ちず先生は祖母のような存在で、彼女もまた宙を孫のように気にかけてくれていた。

だから話そのものは素直に嬉しかったけれど、それが映画界・演劇界でも重鎮とされる『佐神千珠』の推薦だと思えば身構えてしまうのも無理はない。

「本当に、俺が受けていいんですか？」

「贔屓《ひいき》とかじゃないから、安心して。これまでも会長は、なかなかチャンスが巡ってこない子には、合いそうなオーディションをセッティングしてくれてるからね。それにまず、真面目に取り組んでないと話はしないから」

つまりはこれまでの宙の努力が認められ、これならば大丈夫だとお墨付きを頂けたということのようだ。

「宙！　舞台のオーディション決まったよ！　……ってあれ？」

「いま、富島さんから伺っていたところです」

すると大人げなく佐神が口を尖《とが》らせて、富島を肘《ひじ》でつつく。

「富島さあ、こういう大事なことは俺が伝えたかったんだけど」

「私は宙君のマネージャーですから。文句を言うなら、さっさとそちらの引き継ぎを終わらせて、宙君の専属になればいいでしょう。ちなみに、私の方はいつでも準備はできてますので」

「うっ……」

緊張の鎧《よろい》が解けるまで随分と時間がかかってしまったが、やっと事務所内の空気が摑めるようになってきた宙は、二人の遣《や》り取りを聞いてくすりと笑う。

富島も三好も、仕事となると佐神にも容赦ない。一方佐神も彼らの言い分は正しいと分かっているので、素直に話を聞く。

一般的な企業なら、まずあり得ないことではないかと思うのだが、佐神の性格のお陰で事務所が上手く回っているのだ。

「改めて、宙君。まずはおめでとう。このオーディションは、確かな推薦人がいないと参加できないものです。一つの役しか受けられないし、その役で落ちたら別の役に割り振られるということもありません」

書類を渡されて、宙は背筋を正す。

受かって役を勝ち取るか、それとも落ちるかの二つに一つ。

「どの役で審査を受けるかは、宙君自身が決めるようにと会長から言づかっています。どうしますか？」

数枚の書類に真剣に目を通した宙は、思わず考え込んでしまう。内容は日本初公演となる海外のお芝居で、現在は日本版の脚本が制作されている途中のようだ。しかし書類を読み進めるにつれて、宙は緊張した面持ちになっていく。

——これって、ミュージカルだよな？

大きく記されたタイトルは、世界に名だたる劇場で上演されてきた演目だ。しかし内容は、本来ミュージカルであるものを歌もダンスもないストレートプレイとして仕立て上げる、挑戦的なものになると書かれている。

ミュージカルバージョンは宙もネット配信で観劇しており、その素晴らしさにただただ見入ったと記憶していた。

――こんなに凄いの、俺が受けても……。

これまで受けて来たオーディションとは全く違うと、宙はすぐに理解した。

まず受かることが前提としても、もしも合格したならば宙の役者人生は一気に変わる。そして自分だけでなく、事務所やこの芝居に携わる全ての人々の命運を担うことになると言っても大げさではない。

なのに佐神は、そんな宙の葛藤など知ってか知らずかさらりと告げた。

「主役受けようよ」

「主役なんてそんな……俺にはまだ無理です」

「なに遠慮してるんだい。今の宙がチャレンジして摑むべきチャンスなんだよ。会長もそれを分かってて、推薦したんだ」

それだけ期待されているのは嬉しいけれど、壁にぶつかり続けてきた自分にそんな実力があるとはとても思えない。

「主演には、できるだけ色のついていない、存在感のある新人を探しているって、聞いてるよ。宙にぴったりじゃないか」

その言葉に頷きたい気持ちはやまやまだけれど、あの苦しい過去が動けなくしてしまう。

——受けてみたい。でも落ちたら、『身の程知らず』だって、俺だけじゃなく応援してくれてる佐神さん達もきっと笑われるに決まってる。

オーディション会場で後ろ指を指されるのは、辛いけれど慣れてしまった。でも佐神達まで巻き込んでしまうのは絶対に嫌だ。

卑屈な感情に飲み込まれかけていた宙を、佐神がそっと抱きしめた。

「……！」

毎日のようにスキンシップはしているのだけど、さすがに二人きりではないシチュエーションに固まってしまう。富島にまったく動じた様子がないのが救いだ。

「大岩のようにぴくりとも動かなかった俺の心を動かしてくれた宙なら大丈夫。ちょうど、天岩戸《あまのいわと》を開かせたアメノウズメノミコト——芸能の神様がついてる感じもあるね」

冗談めかして、でもどこまでも真剣な佐神の目から視線を逸らせない。

「佐神さん」

「このオーディションで、君は本当の宝石に変化する」

「大げさです」

「本当だよ」

「私も、佐神社長に同感です」

二人に強く断言されて、宙はもう逃げることはできないと気づく。

――覚悟を決めなきゃ。

皆が宙を信じ、背中を押してくれている。拒んだらそれこそ、一生後悔するだろう。

「分かりました。俺、主役を受けます」

はっきりと言い切った宙の瞳に、もう迷いはなかった。


翌週、応募者だけに知らされた選考会場に、宙は佐神と共に立っていた。昨日ギリギリで正式にマネージャーとして引き継ぎを終えた佐神は、ひどく嬉しそうだ。

これまで数多くのオーディションを受けては周囲の視線を攫《さら》ってきた宙を、気にかけている芸能関係者はそれなりにいた。

注目を集めていると気づいたが、向けられる視線の殆どは宙に好意的なものだと分かる。

かつてあんなに纏わりついていた枕営業の噂などなかったかのように、初対面のスタッフや他社のタレント達が近づいて来て、相手の方から挨拶をしてくれる。

「怖くない？」

「はい」

自業自得で散々遠回りはしてきたけれど、投げ出さなかった結果こうして新しい道が開け始めている。

これまでの自分ならば周囲の視線が気になって肩に力が入っていた場面だと思うが、今は不思議と集中してリラックスできていた。

控え室として指定された部屋へ向かう途中で、不意に佐神と同年代くらいの男が声をかけてきた。

「佐神さんじゃないですか。お久しぶりです」

にこやかに挨拶をすると、隣に立つ宙にも丁寧に会釈をする。同業者らしい男が何か話したそうな雰囲気を察して、宙は佐神の袖を引き笑顔を見せる。

「先に行ってますね」

「ありがとう。すぐに俺も行くから」

その場を離れ廊下を曲がったところで、宙は見覚えのある青年と鉢合わせた。

「田巻《たまき》先輩。お久しぶりです」

彼は前に所属していた事務所の先輩で、宙が移籍する数年前に大手事務所に引き抜かれていた。一歳年上で宙と同じ一般家庭出身だが、赤ちゃんの頃からＣＭに出ていて順調にキャリアを重ねていた人物だ。

誰とでもすぐに打ち解けられる性格で愛嬌《あいきょう》もあり、上層部からの受けもよかったと記憶している。

「桜川……マネージャー、少し時間もらっていいですか?」

半歩後ろに立つ眼鏡をかけた神経質そうな男性に、田巻が声をかける。男は宙を見知っているのか、一瞬警戒するように眉を顰めた。

「五分だけだ。余計なことは喋《しゃべ》るなよ。話が終わったら、二番控え室にすぐ戻るんだ」

「はい」

大げさにため息を吐くと、男が足早に去って行く。その背中が見えなくなってから、田巻が宙に頭を下げた。

「ごめんな、桜川」

「いいえ、俺の方こそ急に声かけちゃってすみません」

「いいんだ。俺も桜川に話したいことがあったから。実は何度か連絡取ろうとしたんだけど、うちのマネージャー厳しくてさ。隙見て電話しても、忙しいって君のお母さんに言われて。そのままなんか連絡し辛くなって……」

——田巻先輩から電話があったなんて、聞いてない。

また一つ、母の不可解な行動を知り宙は唇を嚙む。恐らく母は、可能な限り宙が外部と接触するのを阻止していたのだ。

憶測でしかないが、理由は『宙が現実を知ること』を恐れたのだろう。

何もせずいずれ降って湧いたように訪れる成功を夢見て、二人で家に閉じこもり愚痴を垂れ流す。まるで理屈が通らないが、母の中ではそれが理想のルートだったのかもしれない。

「お話って、なんですか？」

「実は、その……桜川が枕営業してるって噂、俺のせい、だったんだ……」

「えっ？」

思いもよらない告白に、宙は目を見開く。

嫌な汗が背中を伝い叫び出したい衝動に駆られたけれど、唇を噛んでどうにか爆発しそうな感情を抑えた。

「取り返しのつかない――心の底から申し訳ないことをしたと反省している。少し前にまた噂が広まった時マジで焦って……マネージャーに相談したんだけれど、余計なことに首を突っ込むなって口止めされて。結局何もできなかった。ごめん」

「それは、仕方ないと思います」

もし宙が逆の立場であれば、同じような注意を受けていてもおかしくない。正義感や罪悪感だけで事を収束させるには、難しい問題だった。

しかし何故、そんな噂を流したのかという点だけは知りたかった。

「田巻さんは、俺があの男とずっとつるんでたって思っていたんですか？」

「いいや、そうじゃない。噂自体はその……俺がまだ移籍する前から流してた。桜川だけじゃない。辞めた奴らのことも言ってたし。俺もそいつらから根も葉もない噂を流されて……

俺のとこでストップできなくて。負のバトンを繋いでしまったんだ」

「どういうことですか？」

暫《しば》し黙り込んだ田巻だったが、意を決した様子で口を開く。語ってくれたその内容に、宙はただ唖然《あぜん》とした。

二人がかつて所属していたその事務所は、数年前に主戦力だった有能な社員が担当の人気タレントを連れて同業他社にヘッドハンティングされたのだと言う。それを皮切りに、本来の業務はまったく振るわなくなってしまい、コンパニオン的な仕事をメインに請け負う方向にシフトし始めていた。

それに気づいた所属のタレントが連帯して反抗しないよう、わざと不仲になるよう誘導していたと田巻は続ける。

「――早めに移籍したり辞めたりした奴らは、上層部の考えに気づいてた。けどヤバイ連中と繋がりがあるから、下手な辞め方したら何されるか分からないし……」

「ようは、俺みたいに売れてないタレントをスケープゴートにしたってことですね」

根拠のない噂もその一つ。誰かの足を引っ張らなければ、自分が引きずり下ろされると思い込まされた田巻は、後輩の中でも一番頭角を現しそうな宙を『生け贄《いにえ》』にしたと告白する。

「自分の保身ばかり考えて、俺は逃げた。すまない」

――なんて不健全なんだろう。

以前の宙なら、泣いて喚《わめ》き散らして抗議していたはずだ。けれど今は、そこまで追い詰められた田巻達を哀れにさえ思う。

自分も田巻も、被害者なのだ。

「そう、だったんですね……」

ぽつりと呟く宙に、田巻が改めて頭を下げた。

「本当にすまない。どう償えばいいか……」

「それじゃあこれからは、正々堂々とやりましょう」

「桜川……」

片手を差し出すと、はっとしたように田巻が宙を見つめ決まり悪そうにその手を握り返してくれる。しかしすぐにその手は離れ、宙の背後を気にしている。

どうしたのかと思い宙が振り返ると、いつの間にか佐神が立っていた。

「佐神社長、ですよね？　桜川君のこと、申し訳ありませんでした」

「宙が許しているなら、こちらからは何もないよ」

声は穏やかだけれど、怒りは伝わってくる。それは田巻も理解したのか、余計な取り繕いはせず二人から離れていった。

「これでいいんだね？」

「はい。ありがとうございます……田巻先輩も被害者で、こうして話してくれたから。これ以上責めても、意味がないですし」

口頭ではあるが、田巻は噂の出所が自分だとはっきり認めた。そして恐らくは向こうのマネージャーも、移籍前から続いたいざこざを知っている。

蒸し返されれば、世間から非難を浴びるのは田巻の方だ。だからあのマネージャーは、宙と接触するのをよく思わなかったのだろう。

「強くなったね、宙。君はもう大丈夫だ」

頭を撫でられ、宙は嬉しくなる。

「佐神さんや事務所のみんなが応援してくれたから、ここまで来ることができたんです」

今までの宙ならきっと、これでもう十分だと言っていただろう。しかし自分にはまだ、未来があるのだと信じることができる。

「だからこれからも、応援してください。俺、佐神さんの期待を超えられるように精一杯頑張ります」

「やっぱり君は、最高の宝石だ。――そろそろ時間だね、存分に宙の魅力を見せつけておいで。主役は、『桜川宙』しかいない」

芸名の発音で呼ばれ、宙は背筋を伸ばす。

誰より信じられる人の言葉が、支えてくれる。

そして宙が初めてその真価を見せつけることとなったオーディションは白熱のうちに終了し、その場で合否が発表された。

結果は、審査員でさえ想定していなかったものとなる。

「宙と田巻君の、ダブルキャスト?」

これは佐神も意外だったらしく、審査員の決定に驚いていた。

帰り道、お祝いに二人で食事をしてから、少し公園を歩いた。まだ夢の中にいるようで、宙は実感がない。

「――田巻君も良い演技をしていたから、妥当ではあるが……それより向こうのマネージャーの顔! 最高だったね」

宙など眼中にないと言った様子の眼鏡の男は、結果を聞いた瞬間顔を赤くしたり青くしたり何やらブツブツと独り言を言っていた。お陰で田巻はマネージャーを宥めるのに必死で、彼もまた主役を勝ち取ったというのに見ていて可哀想な程だった。

「佐神さん、大人げないですよ」

「いいんだよ。彼は宙を軽く見ていたからね。俺の宝物を侮るなっての」

――今の佐神さんも、心の仮面を被ったままなのかな?

とても感情の起伏が少ないようには思えない。

じっと見つめる宙の視線に気づいたのか、佐神が宙の手を取り抱きしめる。

「こんなふうに喜べるのは君だからだよ、宙。君の輝きが認められて、俺は嬉しいんだ……うん。嬉しいって気持ちは、最高だね」

どこか他人事《ひとごと》のように言う佐神に、宙はぎゅっとしがみつく。

「俺、もっと佐神さんに喜んでもらえるように頑張ります。そしたらきっと、俺以外のことでも喜べるようになるんじゃないかな？　楽しいって思えることが増えたら、もっと、何倍も楽しくなりますよ」

顔を上げると、真剣な顔で佐神が宙を見つめていた。その目が潤んでいるように思えたのは、気のせいだろうか。

随分と高慢なことを言ってしまったと恥ずかしくなった宙は、佐神から一歩離れる。そして片手で佐神の指に触れた。

「あの、手を繋いでもいいですか？」

「勿論」

するりと指が絡まり、佐神の体温が掌に伝わる。

二人はマンションまでの短い道のりを、寄り添って帰宅した。

課題を一つ一つ丁寧にクリアしていくような楽しくて苦しい稽古を重ねて、本番も間近となったある日。

忙しくも充実していた日々は、突然真っ黒に塗り潰されてしまう。

『新人俳優・桜川宙、事務所社長の佐神英人と熱愛中？』

そんな記事が、ネットニュースに載ったのだ。

佐神と共に事務所に入った宙に海咲が駆け寄り、スマホを見せてくる。

「ちょっと！　これ！」

「え……」

「――やられた。宙の噂は殆ど消えてたし、張り付いてた連中も追っ払ったから俺も油断してた」

「張り付いてたって？　誰がですか？」

「宙のストレスにならないように、密かに追い払ってもらってたからね。実は枕の疑惑が出てから、スクープ狙いの記者が何人か付いてたんだよ」

まさか自分が記者に追いかけられているなどと思いもしなかったので、宙はただぽかんとする。しかし問題は、この記事だ。

佐神の住んでいるマンションへ一緒に帰宅する様子が撮られているのだが、しっかり恋人つなぎ状態の手元がズームで写っている。

他にも肩を抱いたり、頬を寄せて笑っている二人の姿が何枚もあった。衝撃的なタイトルと合わさって、二人は仲睦《なかむつ》まじい恋人同士のようだ。

――客観的には、こんなふうに見えるんだ……。

あまりに安心しきって甘えた自分の様子に、そんな場合ではないのに顔が熱くなる。

「どうすんのさ、これ」

呆れた海咲の声に、宙は我に返った。

「すみません。俺の責任です」

「え、宙君なにも悪くないじゃん」

きょとんとして首を傾《かし》げる海咲に、では一体誰が悪いのかと脳内にハテナマークが浮かぶ。

するとすかさず、佐神が海咲の言葉を補うように続けた。

「そうだよ。宙はなにも悪くない。悪いのは勝手にマンションの敷地内に入って、プライベートを撮った記者だろう」

「あのさ、なに偉そうな顔して言ってんの？　これは英君が一番悪いでしょ。普通、一番警戒しなきゃいけない立場だよね」

正論を突きつけられて、佐神が黙る。

記事は勿論気になるが、それ以上に宙はずっと疑問に感じていたことを思い切って口にする。

「……あの！　お二人って、仲がいいんですか？　前にも海咲さん、佐神さんを『英君』って呼んでたから、実は気になってて……」

ずっと引っかかっていたのだと話すと、海咲と佐神が顔を見合わせた。

「……言うの忘れてた」

「まだ話してなかったのか？」

「ごめん。でも英君が話してもよかったんじゃないの？」

どうやらお互いに、この件は宙に伝えてあると思い込んでいたらしい。頭を下げる二人に、宙は慌てる。

「あの俺、別に二人がお付き合いされてても気にしないので。というかその場合は空気読めてなかった俺が悪い……えと、海咲さんに対して申し訳なさすぎですよね。どうしよう」

すると海咲が宙の肩を摑んで詰め寄った。

「違う！　お願いだから、そんな勘違いしないで！　英君が恋人とかあり得ないし。宙君には悪いけど、全然タイプじゃないから！　むしろ避けるから！」

捲《まく》し立てる海咲の目は本気だ。隠そうとしてむきになっているのではないと、宙にも分かる。

「海咲さん？」

「前にも名前売りたい馬鹿な記者が、英君と僕の捏造《ねつぞう》記事つくって配信しやがってさ！　お陰でこっちは、散々な目に遭ったんだよ！　思い出して、腹立ってきた！」

ヒートアップする海咲を佐神が引き離し、さりげなく宙を庇《かば》うように間に入る。

「落ち着け海咲。後でクレープおごるから……海咲は俺の姉の息子。つまり、甥《おい》なんだ」

それにしては歳《とし》が近くないかと、宙は思う。確か海咲は二十歳《はたち》で、佐神は二十九歳のはず。

「英君が五人きょうだいの四番目って知ってる？　家族構成とか、聞いてない？」

「聞いてません」

「ええっと、うちのきょうだい、上三人と歳が離れててね――」

側にあったメモ用紙に、佐神が図を描いて説明してくれる。佐神家の家族構成は、両親と兄が二人、姉が一人。その下に佐神と妹が一人いるという。三番目――つまり英人のすぐ上の姉は兼谷家に嫁ぎ、英人が九歳の時に海咲が生まれたのだそうだ。

「このとおり上に兄が二人いるから、実家からは好きにしていいって言われて、お祖母様の助けも借りてこっちの世界に入ったって訳。事務所を立ち上げたのは、実業家として大活躍のお兄様達の強ーい勧めでね」

「そうだったんですか……。すごい、別世界の話みたいです」

「俺は英君とは関係なく、芸能界に興味あってさ。うちは親が煩くて、普通の事務所に入っても連れ戻されそうだから、英君の所に逃げ込んだ感じ」

「じゃあ、佐神さんと海咲さんのご実家って……あの……」

「うん。テレビなんかでよくCM流れてる……最近だとあのアヴァンギャルドなペンギンの、あの会社の社長が、英君のお父さん。で、うちも似たような感じ。KANAYAグループって聞いたことあるでしょ？」

あるも何も、KANAYAも超有名企業だ。

佐神の実家が太いということは、噂では聞き知っているし、立ち居振る舞いからもきっとそうなのだろうと察していた。けれどまさか、日常的に見かけたり耳にしたりする日本屈指の有名企業経営者のご子息だとは思いもしない。

「これ聞くと、事務所に入ったばっかりだと萎縮したり、逆になんか虎の威を借る狐的な勘違いする子もいるから、直ぐには伝えないんだよね。宙君には早めに話す予定だったんだけど……英君が手出したから、てっきりその時に言ったかと思ってて」

「手……」

言われて宙は、耳まで真っ赤になった。

「ちなみにマネージャーの富島は、兼谷家の元執事。海咲の専属として仕えてたんだけど、本家から異動命じられる形でうちに就職したんだよ」

「富島、有能だからすぐ馴染《なじ》んでくれたけど。日本ではわりと珍しい執事としてのキャリア奪っちゃったから、それは悪いことしたなーって思ってるんだよね」

「そのようなことは決してございません！　私は海咲坊ちゃまにお仕えできて、なにより嬉しゅうございます」

隣室のドアが開き、富島が顔を出すと大声で否定しすぐに引っ込んだ。と思いきや、再び扉が開く。

「事務所前に、不審な者が数名おりますので。お気をつけください」

初めて聞く口調に、宙はこれは盛大なドッキリなのではと思うが、手の中にあるスマホに表示された記事が、宙を現実に引き戻す。

「まあそういうことだから、スクープ撮られても飛ばし記事ってことで全然もみ消せるんだけど……宙君はどうしたい？　こういうタチ悪いのって、初手が肝心だからね。二人とも忙しいだろうし、僕がやっておこうか？」

――『やっておく』って……なにを？

冷たい微笑を浮かべる海咲に、宙は怖くてとても聞く勇気が出ない。これだけ拡散された記事をもみ消すとは、何をするつもりなのか。一抹の不安が過った。

「物騒なことはしなくていいよ。俺がなんとかする」

「佐神さん」

「俺達は後ろめたいことは何もしていないのだから、堂々としていればいい」

けれど自分と佐神は、恋人同士でもなんでもない。自分が嗤われるのなら我慢できるけど、佐神が言われなき中傷の対象にされるのは絶対に阻止しなくてはと宙は思う。

「俺を信じて、宙。眉間《みけん》に皺《しわ》が寄ってる。可愛い顔が台無しだ」

「あのさ、そういうの二人だけの時にしてくれないかな。――それと、富島が言ってたの、張り込みの連中だろ？　うざいから啖呵《たんか》切ったなら英君なんとかしてよ」

ネットの記事は時間との勝負だ。飽きられるのを待った方が良い場合もあるけれど、宙は来週に舞台の初日が控えている。プレス向けの会見は終えたばかりだったのが救いだが、それでも興行的にダメージは出るだろう。

いくら堂々としていればいいと言われても、面白おかしく吹聴されてしまえばそんな悠長に構えていられない。

――どうしよう、折角ここまできたのに、、舞台が台無しになる……共演者やスタッフさん……佐神さんや事務所にも、また迷惑をかけることになる。

「宙」

「はい」

「今日は通し稽古だから、そろそろ行こうか」

「え、ええっ？」

確か外には、記者が待ち構えているのではなかったか。なのに佐神は気にする様子もない。

海咲に視線を向けると、「頑張ってね」と、手を振られた。

肩を抱かれて佐神と共に正面玄関を出ると、宙は早速記者に迫られ容赦なくフラッシュを焚《た》かれて固まってしまう。

しかし隣に立つ佐神は、心底不思議そうに記者達を一瞥《いちべつ》した。事務所の玄関前は、一瞬で佐神が主役の舞台と化した。

「今時同性のカップルなんて、珍しくもないだろうに。君達は何をしているんだい？」

穏やかな問いかけだが、その声には迫力ある。自然とシャッター音が止まり、佐神が記者達を睥睨《へいげい》するように見回す。

「これからちゃんと口説こうっていうのを、邪魔しないでもらえるかな」

——口説くって……ええっ？

こんな状況なのに、宙は佐神の言葉に舞い上がってしまう。だがすぐ我に返り、意図を尋ねようと佐神を見上げた。

すると佐神は宙の頰に手を添えて、そっと上向かせる。

「さ、がみ……さん？」

ぼうっと見惚《みと》れているうちに顔が近づいて、唇が重なった。無粋なシャッター音が聞こえたけれど、宙は気にするどころではない。

触れるだけの短いキスが終わると、佐神は宙を抱えるように抱きしめた。

「初舞台成功のおまじないだよ。宙にはそんなものは必要ないけど、念には念を入れてね。無事に終えたら本気出していくから、覚悟しておいて」

囁かれる声に、宙はただこくこくと頷く。すると佐神は満足げに微笑んでから、再び記者達へ視線を向けた。

「――君達も、これで満足かな。知ってのとおり、『桜川宙』は大切な舞台が控えている。もう彼を困らせるような真似はしないでくれ。質問があれば私が答える」

佐神の言葉を聞き、記者達は顔を見合わせる。手近な記者やカメラマン二、三人に自らの名刺を渡すと、宙の背中を支えるようにしてその場から立ち去った。

「これでもう大丈夫。宣伝にもなったし、問題ないよ」

色っぽく微笑む佐神にどう答えればいいのか分からず、宙は息を呑《の》んで固まってしまう。

結果として、実験的な演目への様子見のように空席が残っていた舞台チケットはスクープ記事が出たその日のうちに完売し、急遽《きゅうきょ》立ち見席を作る程になった。

地面に根を張るように足をつけ、しかしどこか夢の中を走っているような不思議な感覚のまま、宙は共演者達と共に無事に千秋楽を迎えることができた。

とにかくその日、その公演ごとに、全力を精いっぱいまで出し切ることだけを考えて、必

死に駆け抜けてきた舞台は、大成功に終わる。

ミュージカルからストレートプレイへの改変はもとより、革新的な演出など、舞台の内容も評価され、特に出演者達の熱演が業界内外で話題となっていた。嬉しかったのは、自分と田巻のダブルキャストが『まったく異なる個性の競演、どちらも観るべき』と評判になったことだ。

チケットは幕が上がる前に完売だったので、それぞれのファンから別のキャストのバージョンも見たいと要望が多数寄せられ、再演も検討されているらしい。

「おつかれさまでした！」

「また一緒に演《や》りましょう」

「別の現場でも、仲良くしてくださいね！」

「最高っした‼」

「本当に勉強させていただきました」

「――じゃあ、うちはお先に失礼します。宙、行こうか」

打ち上げの会場から引き上げた宙と佐神は、引き留める共演者やスタッフ達から逃げるように車へと乗り込んだ。

「よかったんですか？」

「失礼がないよう、最低限の挨拶はしたからね。それに正式な打ち上げは、また別の日にや

る。

像できないほど宙は子どもではない。というより、期待で胸がいっぱいになってしまってい

二人で打ち上げを切り上げたこと。そして向かう場所。この二つが何を意味するのか、想

佐神の運転する車は、彼のマンションへと向かっている。

「そうですか……」

るって話だから」

充実した、という単純な言葉ではとても言い表せない光栄すぎる仕事の千秋楽を終えて、ランナーズハイみたいになっているのも否めない。

――でも、あのキスってなんだったんだろう？　……あの場を切り抜けるための方便だって思ったけど……でも、『本気出していく』って言ってたのは？　そういう意味だって受け取っていいの？　そうだったら夢みたいだ……。

舞台に集中していたこの一カ月間、ずっと蓋をしていた気持ちが堰《せき》を切ったように溢れて止まらない。ぐるぐると考えているうちに、車はマンションに到着してしまう。佐神に手を引かれて宙は、彼の部屋に入った。

寮を出てからはずっと佐神の部屋で生活していたから、何も特別なことはない。なのに胸がドキドキして、口から心臓がこぼれ落ちそうで、佐神の顔をまともに見られない。

「宙の素晴らしさに、世界がやっと気づいてしまったね」

「へ？」

芝居がかった物言いに小首を傾げるが、見つめてくる佐神は真剣そのものだ。

彼曰《いわ》く『感情の起伏がない』方が本来の自分とのことなので、逆に高揚すると制御の方法が分からないのかも知れない。これまで何度も、宙を『宝物』と公言していたから、千秋楽のスタンディングオベーションを見て、感情のリミッターが振り切れたのかもしれない。

——いいこと、なんだろうけど。

自分が切っ掛けで、佐神の感情が動いてくれるのは純粋に嬉しく思う。でも、俳優として生きてきた彼は、テンションが上がると口調が戯曲ベースになるのかどうにも表現が大げさで、舞台から降りた素の宙は照れくさくてたまらない。

「宙、これからオファーが殺到するだろうけど、相応《ふさわ》しい仕事だけを厳選するから、安心して俺に任せてほしい」

「それは勿論です。ありがとうございます」

「そして俺は……この才能を世に送り出したというなにものにも代え難い誇らしさと、舞台の上の君が俺だけのものではないという、頭がおかしくなりそうなほどの嫉妬に身を焦がし続けるんだ……」

「あの、佐神さん。酔ってますか？」

「いいや。お酒は飲んでないよ」

顔を寄せてくる佐神に、思わず聞いてしまう。

車を運転してきたのだから、酔っているはずはないと分かっていても、これは流石に度が過ぎている。

「でも宙という存在の魅力には……酔っているかもしれない」

「……っ、え……ええっ？」

「この哀れな男に、他の誰にも見せない愛しい君の全てを、見せて――」

「ま、待って、ください……」

かつて佐神が主演を務めた舞台の台詞《せりふ》だと、宙はすぐに気が付いた。片思いをしている女性を振り向かせるべく、なり振り構わず全てをなげうち、やっと結ばれる……そんなシーンに慟哭《どうこく》めいた口調で紡がれるセリフだった。

なんど見てもうっとりして、相手役の女優に嫉妬さえした場面だ。それを演技ではなく、彼自身の感情を乗せて言葉が紡がれる。

夢のような現実に自分の方こそ酔いしれそうになりながらも、宙は抱きしめてくる佐神の胸を必死の思いで押し返した。

「あの、俺、佐神さんにとってちゃんとした恋人にはなれなくても『商品』として役に立ちたいって、ずっと考えてました。今回の主演をやりきったことで、一歩進めたと思ってます」

そう、自分は佐神に拾われた原石だ。あれだけ馬鹿なことを仕出かしたにもかかわらず、佐神は宙を見捨てずここまで育て上げてくれた恩人。

そして、憧れの人。それから……。

――黙ってた方がいいって、わかってる。でもせめて、この気持ちだけを伝えさせてください。

両手を強く握り、宙は勇気を振り絞る。

「せめて佐神さんの役に立つ商品……タレントでいられればいいと思ってきたけど、本当は……俺……本当に、佐神さんのこと、恋愛の意味で好きです」

真っ直ぐに見つめれば、見つめ返された。逸らされない視線にどこか安堵《あんど》する。

「宙が『商品』なわけがない。宙は俺の可愛い恋人で、敬愛すべき演技者であり、全てだよ。大切な大切な、宝物なんだ」

口説かれているのだろうと頭では分かっても、にわかに現実とは思えない。

「どうか二人きりの時は、俺だけのものになって」

「嘘！　ですよね！」

遮るように否定の言葉を叫んだ宙に、佐神が狼狽《うろた》える。けれど宙自身も、咄嗟《とっさ》に口を衝いて出たそれに驚いてしまう。

「だって！　佐神さんは……最後まで……しないから……やっぱり『商品』には手を出さないんだなって思って……」

「ねえ、宙は自分が『愛されている』って少しもわかってなかっただろう？　それこそ愛される『代償』として、自分の身を投げ出してもおかしくなかった。もしあの時、俺が君を抱いていたら……宙はきっと、自分の価値を正しく認識できなくなったと思う」

もしもこれが以前の宙だったら、単純に拒絶されたと思い込んだに違いない。しかし様々な経験が、宙の心を強く変化させていた。

「詭弁《きべん》でも、嘘でもない。俺もずっと、宙を抱きたかった」

「佐神さん……」

抱きしめられ、今度は宙も躊躇《ちゅうちょ》なく佐神の背に腕を回す。温かくて頼もしい胸に、腕に、体が溶けてしまうのではないかと思う。

「君を離さないよ、宙。俺は君をトップレベルの役者として育てる。そしてプライベートでは、パートナーになってほしい」

「――はい。よろしくお願いします」

ようやく真っ直ぐに佐神を見上げると、そっと唇が重なる。

何度も角度を変えてキスを堪能していた二人だが、ぐうという音で見事に雰囲気が台無しになった。

「う……」

どうしてこんな時にお腹が鳴るのかと、宙は恥ずかしくて逃げたくなった。けれど佐神は茶化すことなく、宙の頬に軽くキスをする。

「まず夕食にしようか。ろくに食べないで出てきたから、お腹が空いたよね。ゆっくりお風《ふ》呂《ろ》にも入ろう」

劇場で着替えの前にシャワーを浴びただけなので、正直すっきりとはしていない。佐神も経験上その辺りは分かっているので、宙を気遣ってくれる。

けれど、互いの気持ちを確認し合った状態で気持ちを完全に抑えるのは無理だったようだ。

「本当なら今日は寝かせてあげたいけど、我慢できそうにない……いいね」

彼の言いたいことは分かるので、宙は真っ赤になって何度も頷いた。


——これから佐神さんと、……するんだ。

恥ずかしい、でも嬉しい。

寝室でぼんやりと佐神を待っていると、不意にドアが開く。バスローブ姿の佐神に見惚れていると、近づいて来た彼に抱きしめられた。

「あ、あの佐神さん……」

慌てる宙に、佐神が切羽詰まったような声で囁く。

「やっと恋人になったんだから、名前で呼んで」

「……えっ」

当然といえば当然なのだろうけど、急に言われても宙は戸惑ってしまう。佐神も同じ気持ちでいてくれていると分かったけれど、長い間『憧れの存在』であったという感覚は、そう簡単には抜けてくれないのだ。

「そんな、急に。無理です」

「お願い……俺の、運命の人」

甘い声に、背筋がぞくりと震える。意図してなのか無意識なのか分からないが、宙にとって思い入れのある台詞で懇願するのは狡《ずる》いと思う。

「英人、さん……で、いいですか？」

呼び捨ては流石に無理なので妥協点を提示すると、英人は苦笑しつつ頷いてくれる。

「よくできました」

ご褒美だよ、と言われて唇が重なる。これまでの触れるだけのそれとは全く違う、舌を絡める大人のキスだ。

「んっ」

「鼻で息をして。そう、上手《じょうず》だね」

キスの合間に指導が入り、宙は素直に従う。褒められるのは嬉しいから、言われたとおりに呼吸し、積極的に舌を絡ませた。

貪るようなキスが終わると、宙はベッドに倒され着ていたバスローブをはだけられた。下着を身につけていない素肌を曝し、宙はいたたまれず視線を逸らす。

「宙」

覆い被さってきた英人が、耳元で名を囁く。それだけで、腰が疼いた。

「愛してる」

「ず、ずるい、です」

憧れの人に求められているだけでも心臓が破裂しそうなのに、英人は更に煽《あお》ってくる。真っ赤になって泣きそうな宙に、英人がわざとリップ音を立てて首筋に痕を残す。

「いやらしくて可愛い声、聞かせて欲しいな」

「……可愛くないですよ……あっ」

否定したところで、英人は聞いてくれない。それどころか、宙が感じる場所を探して肌をまさぐる。

「宙は可愛いよ。全部可愛い」

「いや、だめっ」

「俺に触られるの、嫌なの？」

聞かれて、嫌だなんて言えるはずがない。

「だって、はずかしい声、でちゃ……から……っ」

「聞かせて」

「ん、っ」

我慢しようと唇を閉ざしたが、いつの間にか開かれた脚の付け根に彼の指が触れて息を呑む。

閉じようとしても英人の体が邪魔をして、秘めた場所まで露《あらわ》になっている。

「この間と同じようにするから。楽にしててね」

コンドームをつけた指が、後孔へ挿り込む。触れられるのはあの夜以来だが、宙の体は与えられた快楽を忘れられずにいた。

「ひゃっ」

「ココが宙の、前立腺《ぜんりつせん》だね。俺の指を覚えててくれたみたいだ。嬉しいよ」

恥ずかしい指摘にも、体は反応してしまう。

「ここも、その奥も、俺だけに触れさせて」

そっと膨らみを撫でながら、英人が微笑む。宙の大好きな表情で懇願され、抗《あらが》えるわけがなかった。

「かまいません、けど……」

「ありがとう。じゃあ宙の全部、可愛がって俺好みにしてもいい？」

「そ、そんなこと聞かないでください」

「どうしてって？」

「どうしてって……恥ずかしいからです」

「俺がするのに、恥ずかしいの？」

分かって言っているのか、どうなのか。いまいち判断が付かない。

だが確実なのは、英人が宙の答えを待っていることだ。前立腺を指の腹で刺激しながら見つめてくる英人に、宙は甘い吐息を交えながら必死に答えた。

「英人さんの……好きにしてください。触るのも、好みにするのも。その……英人さんなら、いちいち確認取らなくていい……です」

言ってから、自分はなんてはしたないことを口にしたのかと後悔するけど既に遅い。満足げな佐神が体をずらし、腰を支えていたもう片方の手で宙の自身をやんわりと握る。

「一度、イっておこうか？　その方が、リラックスできるしね」

「え？　あ、んっ」

指で前立腺を押したまま性器を扱かれ、宙はすぐに達した。快楽に慣れていない体は敏感で、少しの刺激で上り詰めてしまうのだ。

達してもまだ佐神の指は内部を刺激し続けていて、淫《みだ》らな熱は一向に収まらない。

力が抜けた体は不規則な痙攣《けいれん》を繰り返し、宙は涙目で訴える。

「俺ばっかり、気持ちよくなるのはだめ、です」

「どうして?」

「英人さんも、気持ちよくならないと、いや……」

「──参ったなぁ」

全然そんなふうには見えない佐神が苦笑する。

「宙はどんな時でも、俺の心をかき乱してくれるんだね」

「ひっ」

名残惜《なごりお》しげに弱い部分を刺激してから、指が引き抜かれる。くたりと力の抜けた宙の体を支えて、佐神が腰の下にクッションを置いた。

──これって、全部見られてる。

隠そうとしても、英人の体が脚の間にあるのでうまく動けない。

「……少し、待ってね」

「英人さん」

彼が新しいコンドームに手を伸ばそうとするのを、宙はおずおずと止める。

「あの、えっと……このままで、お願いします」

「宙、それはだめだよ」

「分かってます。俺だってそのくらい、勉強しました。あとでちゃんとお風呂で流します。

だから……初めては、つけないでしてほしいんです」

自分から両膝《りょうひざ》を折り曲げて、秘められた場所を全て英人に捧げるような姿勢を取った。

見下ろしてくる佐神が息を呑む。

「こんなことして、やっぱり枕してたんじゃないかって思いますよね。でも俺、本当に英人さんが初めてで。だから、お願いします」

「落ち着いて宙。君にセックスの経験がないことくらい、分かってるよ。それに君を一度だって疑ったことなんてないから。安心して」

「よかった」

ほっと息を吐くと、英人の性器が後孔に触れる。それは怖いくらいに猛《たけ》っていた。

「――挿《い》れるよ」

両手で腰を摑まれ、大好きな顔と声で求められる。やっと彼のものになれるのだという嬉しさと、自分のそれとは全く違う逞《たくま》しいそれが受け入れられるのかという不安が胸を過る。

――大きい……怖い。

先程英人の長い指につけられていたコンドームの潤滑ゼリーのお陰で、先端はすんなりと挿り込む。けれど張り出したカリが中に埋められると、開かれる痛みが生じる。

反射的に腰が引けそうになったけれど、英人と一つになりたい一心で宙は堪えた。

「あ、ぅ……っく」

「呼吸を止めないで、そう……上手だね」

英人も宙に合わせながら、内部の様子を確かめるようにゆっくりと埋めていく。

「ぁ……」

一際深い場所が中に挿ると、痛みは薄れた。代わりに指で解《ほぐ》されていた場所にカリが当たって、宙はぶるりと震える。

「あ、ぁ。英人さん」

「やっぱりキツイよね。宙、動かないで」

佐神が手を伸ばして、コンドームの側に置いてあったローションを手に取り、結合部に垂らす。それを指で後孔の縁に広げると、英人は再び挿入を開始した。

「ああっ」

体の内側から、ずるりと擦れ合う感触が伝わる。痛みはなく、じんわりとした快感が広がっていく。

「全部挿ったよ」

――あの大きいのが、全部俺の中にはいったの？

視線を向けると確かにソコは、根元まで英人を飲み込んでいた。卑猥《ひわい》なその光景は恥ずかしいのに、宙の体は何故か嬉しそうにきゅんと締め付けてしまう。

「んっ……」

指では届かなかった場所が、英人の先端に押されて疼く。そして次第に前立腺より、お腹の奥がピクンと反応する。

「英人さん、どうしよ……は、じめてなのに……きもちよく、なっちゃって……る……っ」

恥ずかしいのを誤魔化そうとしたのだけれど、どうやら逆効果でしかなかったようだ。体の中で、更に雄が質量を増して反り返る。

「ひ、ぁ」

「俺で感じてくれてるんだね。嬉しいよ」

シーツを摑んでいた手を取り、英人が指先に口づけた。雄の欲望を露にしながらも優雅なその所作に、宙は思わず見惚れる。

「待たせてしまった分、たくさん甘やかすから。嫌いにならないでね」

嫌いになんてなるわけがない。そう答える代わりに、宙は指に触れる英人の唇を誘うように撫でる。

「宙、愛してる」

胸にもローションが垂らされ、乳首を捏《こ》ねるように弄《いじ》られた。雄を受け入れたまま敏感な胸を愛撫されて、宙はその刺激で甘イキしてしまう。

「あ、あぅ……ッ……だめ」

「俺の宝物は、本当に可愛いね」

頬にキスをされて、宙は首を横に振る。

「んっ」

「どうしたの？」

もどかしい愛撫が辛くて苦しいのだけれど、どうしていいのか分からない。

「あ、ひっ」

トン、と奥を小突かれて、宙の目尻から涙が零れた。

「宙は全部、敏感なんだね」

「……だめ……き、もちいいのに……くるしい……ぁう」

「大丈夫。ちゃんと加減しながらイかせてあげるから、何処が気持ちいいのか教えて」

恥ずかしくてどうしていいか分からず口を閉ざしてしまうと、促すように舌先で唇を舐《な》められる。くすぐったくも甘い愛撫に耐えきれず、宙は真っ赤になりながら佐神を求めた。

「おく……いりぐち、も……ぜんぶ、すきっ……です……」

「いい子だね」

ずるりと入り口ギリギリまで雄が引き抜かれ、再び根元まで埋められる。感じる場所を全て擦り上げられた宙は我慢できず英人に縋りついた。

「あ、ぁっ」

意識が飛びそうになると、英人は動きを止めて宙が落ち着くのを待つ。そして息が整うと、熟れた内部を丁寧に愛してくれる。

「英人さん……もう、おれ……」

中がとろとろで、宙は無意識に腰を振ろうとしてしまう。けれど英人の手がそれを許さない。

「ンッ」

押さえ込まれ、先端で奥を捏ねられると、声にならない嬌声を上げて宙は仰《の》け反《ぞ》った。

「宙は奥が好きなんだね。もっと溶かしてあげるよ」

「……っく、ぁ……それ、すき……」

中が不規則に痙攣を始める。きゅうっと締まった内部を、反り返った性器が容赦なく擦る。

「これなら、中イキできそうだね」

嬉しそうな英人の言葉に、宙は羞恥で真っ赤になった。

──初めてなのに気持ちいいだけじゃなくて、中で……なんて……。

けれど奥を小突かれる度に、体も心も快感に蕩《とろ》けていく。

「俺と一緒に、もっと気持ちよくなろう」

大好きな人にそんなことを言われてしまったら、頷くほかに選択肢なんてない。求められる悦《よろこ》びに、宙は泣きそうな顔で微笑んだ。

「すき……ずっとすきでした。愛してます、英人さん」

唇が重ねられ、深く舌を絡め合う。

――英人さんにならば、全てを差し出せる。

恋人として、演技者として。自分の全てを理解し愛してくれる人に巡り会えたのだ。

「愛してるよ、宙。君を離しはしない」

口づけが解かれ、英人が愛を告げた。

宙は耐えきれず二度目の蜜を放つ。なのに絶頂は終わらない。後孔がねだるように英人の性器を締め付け、快感を貪る。

「……あっ、ぁ」

体の深い場所に、熱いものが注がれていくのが分かる。

――お腹のおく、とけそう……。

けれど英人は宙の腰を抱いて、更に深く繋がった。

「ひでと、さん……?」

見上げると、至近距離で英人が余裕のない笑みを返した。

痙攣の止まらない宙の内部を、まだ硬さを保っている性器が突き上げる。

「あ、まって」

「ごめん、宙。我慢できない」

「ひゃうっ」

中に出された蜜を塗り込めるように、先端が奥ばかりを捏ねる。立て続けに、宙は軽く達した。

「ああ、こんなに君を愛してるのに。自分を抑えられないなんて……格好がつかないな」

「大丈夫ですよ。俺、どんな英人さんも大好きですから……」

見つめ合い、触れるだけの口づけを交わす。

「よかった」

「……なにが、ですか？」

瞳を覗き込み頷く英人に、宙は整わない呼吸のまま問いかけた。すると不思議な答えが返ってくる。

「もう生け贄の悲しい瞳じゃないから、よかったなって」

「いけ、にえ？」

「そう。生け贄の子羊」

長く整った指が、こめかみから頬を愛おしげに撫でる。

「君を初めて見たとき、俺が絶対に、生け贄にも迷子にもさせないって誓ったんだ。そして、俺のものにするってね」

ずっと憧れていた人が心から嬉しそうに微笑み、頬や額に口づけの雨を降らせる。

甘く優しい夜が朝の光に染まり始めるまで、二人は何度も求め合った。

もう迷わない子羊は愛に溺れる

「ただいまー」

「お疲れさまです。海咲《みさき》さん」

事務所の扉を勢いよく開けて入ってきた海咲に気づいた宙《そら》は、手にしていたスマホを鞄にしまい、席を立って頭を下げる。

「宙君もお疲れさま。今日から新しい現場だったよね？　大丈夫だった？」

「ええ、皆さん良い人ばかりで、こっちが恐縮しちゃいました。あ、俺の舞台を観てくださった方もたくさんいて、何だか夢みたいです」

大盛況のうちに幕を閉じたあの舞台から、早いもので三カ月が過ぎていた。その間に宙は幾つかの舞台オーディションに挑み、その中の一つで名前のある役に抜擢《ばってき》されたのだ。

有名な俳優が名を連ねる舞台は、発表された段階から話題になっている。主役ではないものの、新人俳優として各所から期待されている宙も当然ながら注目を集めていた。

「これでやっと、宙君も本格始動って感じだね。最初の舞台がよかっただけに、これからもっと注目集めるし実力も試されるよ。僕も経験したから分かるけど、ハードル高いとわくわくするよね」

「はい」

人気が出るということは、当然求められるものも増える。大変だろうけど、今は楽しみたいという気持ちの方が強い。

その言葉に頷《うなず》くと、海咲が微笑《ほほえ》んで宙の肩を軽く叩《たた》く。

「うん、イイ感じ。――ところでさ、なにかいいことあったの？」

「え？」

「僕が事務所に入ってきたとき、すっごくいい笑顔でスマホ見てたでしょ。だから気になっちゃって。もしかして、気になる人ができたとか？　宙君格好いいもんね。嫉妬深い誰かさんより、もっといい人いるかも……」

ガタン、と椅子《いす》の倒れる音がして振り向こうとしたが、何故か海咲が宙の視界を遮るように移動する。

「ねえ、教えてよー」

妙な圧を感じながら、宙は海咲の誤解を解くべく口を開く。

「……兄さんからメールが来てたんです。別に何があったわけでもないんですけど……その、お互い近況報告っていうか……たまに送りあってて……」

宙が血の繋《つな》がっていない兄とぎくしゃくしていたのは海咲も知っている。あんなことに巻き込んだのだから、音信不通になったとしてもおかしくはない。

実際兄からも『許せるようになるには時間がかかる』とはっきり告げられていた。けれど完全に連絡を絶たれるようなことはなく、こうしてたまにメールを送り合う関係に落ち着いているのが現状だ。

「宙君のお兄さんて、どんな人なの？　写真あったら見たいなー」

「はい……ええと……」

宙は鞄からスマホを出して操作する。そして主演を担った舞台を兄と彼のパートナーが観に来てくれた際に、楽屋で撮った写真を見せた。

「そっくりだね」

「——え？」

確か海咲には、兄は義父の連れ子で、血は繋がっていないと話したはずだ。すると怪訝《けげん》そうな宙の反応に気づいて、海咲が笑う。

「顔の造りは全然違うけど。なんていうか、雰囲気？　……宙君と別のベクトルで、磨けば結構良い感じになるかも……お兄さん、芸能界には興味ないの？」

「佐神《さがみ》さんが以前、スカウトしたらしいですけど……同居してる方から断られたそうです。兄さん自身も、興味ないみたいですし……」

「そっかー、残念」

一緒に暮らしている時から、兄は宙の活動を応援してくれてはいたけれど、自身が芸能界に憧れるような言動はなかったように思う。

「来月の僕の出る舞台だけど。よかったらお兄さんも誘って二人で来てよ」

「いいんですか？」

「勿論《もちろん》！」

「ありがとうございます。兄さん、俺の舞台見てからお芝居に興味持ってくれたみたいで。海咲さんの舞台に誘ったら、きっと喜びます！」

舞台だけでなく、テレビドラマや映画でも活躍する海咲はアイドル並みに人気があり、ファンクラブもかなりの会員数を誇る。今回も主役ではないが、海咲が出演するというだけでチケットはファンクラブ枠の抽選からとんでもない倍率を叩き出し、一般販売に至っては数分で完売した。

余裕を持って事務所に回されるはずの関係者席も、富島《とみしま》が粘りに粘ってどうにか人数分を確保した程だ。

「……あの、海咲？　チケットはどうするつもりなのかな？」

倒れた椅子を起こしながら、佐神が会話に入ってくる。

「英《ひで》君の分を渡せばいいでしょ？」

さらりと告げる海咲に、宙は青ざめた。そして譲るように言われた佐神も、困惑した様子で海咲に詰め寄る。

「俺、社長だよ?」

「ゲネプロ来るでしょ?」

「お客さんの反応も見たいし……」

「社長特権で劇場には入れるんだから、ロビーのモニターで見ればいいじゃん」

「あ、あの。そこまでしてもらわなくても……」

やっと口を挟む隙を見つけた宙は、チケットを辞退しようとする。しかし海咲はにこにこと笑うばかりだ。

「いいのいいの。たまには先輩に甘えなさい……なーんてね」

「じゃあ、なにかお礼させてください。俺にできること、になりますけど」

「そうだなー、じゃあ僕の舞台の感想を二人から聞きたいな。あ、良いこと思いついた! 舞台が終わったらお兄さんも誘って、三人でご飯食べに行こうよ。どう?」

「大丈夫だと思います」

明言しないけれど、海咲が気を遣ってくれていると分かる。兄と微妙な関係であるのは変わりないが、切っ掛けさえあれば会話することができる。

「本当に、ありがとうございます。海咲さん」

「いいって。それじゃ帰ろっか。お互い明日も早いんだしさ」

深々と頭を下げる宙に海咲が手を差し伸べる。自分はいま、とても優しい人達に囲まれているのだと、宙は改めて実感した。

英人《ひでと》の運転する車で共に暮らすマンションに帰宅した宙は、部屋に入るとずっと考えていたことを切り出す。

「佐神さん、海咲さんの言ってたチケットの件ですが……やっぱり……」

「気にしないで。折角の機会なんだから、お兄さんと観劇してきなよ」

改めて辞退しようとする宙に、英人が優しく微笑む。恋人同士になっても、至近距離で微笑まれると見惚《みと》れてしまう。

「どうしたの、宙？」

真っ赤になった顔を覗《のぞ》き込んでくる英人の視線から逃げるように顔を背け、宙は気持ちを切り替えようとして話題を探す。

「……初めて兄さんと観た舞台が、この演目だったんです。だから一緒にまた観に行けるの、嬉《うれ》しくて」

「そうだったのか」

この演目で『佐神英人』という役者を知った、という経緯は伝えていたけれど、兄と二人で観劇したことは話していなかった。

もう英人が舞台へ上がることはないが、甥《おい》である海咲が同じ演目に過去に英人が演じた役で出る。

「――運命っぽくていいね。俺、そういうの好き」

過去の自分を思い出したのか、懐かしそうに英人が目を細めた。

「二人で楽しんでおいで」

「本当にありがとうございます」

メールの遣《や》り取りこそあるが、兄との蟠《わだかま》りがすっかり解消されたわけではない。宙からすればどれだけ謝罪しても許されない立場だという自覚はある。そして兄も、ある意味母の被害者だった宙に対して、どう接していいのか分からないといった雰囲気が伝わってくる。

長年蓄積された感情が、すぐにどうにかなるとは宙も思っていないし、周囲が無理に『仲直り』を勧めてくることもない。

ただ少しずつ歩み寄れるような環境を、今回のような形で整えてくれるのだ。

「――気になってたんだけどさ。あの時の俺の演技、そんなに良かった？」

「はい。今でも大好きです」

初めて観た本格的な舞台という衝撃を抜きにしても、英人の演技は宙の心を突き動かすには充分すぎるほどの迫力があった。勿論、英人の演技だけでなく、芝居自体もその年の演劇賞を全て獲《と》った作品なので、勉強も兼ねて何度も見返している。

「ふーん……」

するとどうしてか、英人は眉間《みけん》に皺《しわ》を寄せた。

「自分に嫉妬する日が来るとは思わなかった」

「え？」

意味が分からずきょとんとして彼を見上げると、さらに訳の分からない質問が飛んでくる。

「今の俺と、その役演じてる俺と。どっちが好き？」

「ええっ？」

「ちょっとやってみよっか」

「はい？」

理解が追いつかない宙の前で英人がジャケットを脱ぎ、マントに見立てて片手に抱える。

そして片膝《かたひざ》をつくと、真《ま》っ直《す》ぐに宙を見つめた。

一瞬にして英人は『役者・佐神英人』となったのだと宙はすぐに気づく。

「答えてくれ！　神にも背き貴方《あなた》に全てを捧げた私を、貴方は見限ると言うのか」

宙の胸を震わせた台詞《せりふ》に、息を呑《の》む。悪役であるその男が、唯一心を開いた相手に、切実な愛を打ち明ける場面。堂々としていながら、心を掻《か》き毟《むし》るような、観ているこちらまで辛くなるような訴え。

「私は今宵、破滅する。情け深い貴方は、そうと知って手を離したのか？　この愛を、偽りと切り捨てるおつもりか——宙、続きは言えるよね？」

何度も見返した劇だから、台詞は全て覚えている。宙は両手を胸に当て、英人を見返す。

「確かにわたしは、貴方に身も心も奪い去ってくれるよう申しました。ですが……」

知っていても、宙は続く台詞を口にできない。

今自分が演じているのは、恐ろしい愛に怯《おび》え惑う姫の役だ。自分を深く愛するが故に悪事に手を染めた男を恐れ嫌悪し、誠実な男の元へと逃げ去る姫。

だからこれに続く台詞は、相手を拒絶する言葉なのだ。

「……言わないと、駄目ですか？」

お芝居と分かっていても、英人を拒絶する台詞なんて絶対に口にしたくない。すると英人が立ち上がり、いきなり宙を抱きしめた。

「言わないで。宙に言われたら俺、泣く。俺からねだっておいて、ごめん」

「俺も、英人さんにあの台詞は……言いたくないです」

英人の背にそっと腕を回し顔を胸に埋《うず》めると、耳元で彼が低く囁《ささや》く。

「宙、今夜いいかな？　明日に響かないようにする」

なにが、なんて聞き返さなくとも恋人が求めていることは分かる。それに宙も同じ思いだから、こくりと頷き返した。

「じゃあ、先にお風呂《ふろ》に入っておいで。夕飯は用意しておくから」

＊＊＊＊

間接照明の淡い灯《あか》りが、ベッドで睦《むつ》み合う二人を照らしている。

「も、もう……へいき、ですから……っ」

大きく広げられた脚の間に英人が座っているので、恥ずかしくても閉じられない。

「お願い、します……っう」

ローションで濡《ぬ》れた指が、前立腺《ぜんりつせん》をあやすように撫《な》でる。

英人と恋人同士になってから、まだ三カ月ほど。お互い忙しい身であるので、体を重ねた回数はそう多くはない。

その分、英人は一つ一つの触れ合いを大切にしてくれる。口づけも愛撫《あいぶ》も、その先にある深い繋がりの時に宙の体へ負担がかからないよう、細心の注意を払う。

気持ちは嬉しいし、大切にされているのは分かる。けれど快楽を知ってしまった体には、甘すぎる愛撫は時に苦しくもあるのだ。

「そろそろ、挿《い》れていい？」

「聞かないで、ください……」

気遣っての問いかけと分かっていても、恥ずかしいものは恥ずかしい。

気恥ずかしさを誤魔化すように顔を横に向けると、英人の手が慈しむように頬《ほお》を撫でた。

「綺麗《きれい》だよ、宙。君のパートナーになれたことを、心の底から光栄に思う」

相変わらず、英人の言葉は大げさだ。でも本人は大真面目《おおまじめ》な上に、その容姿と雰囲気も相まって全く違和感を抱かせない。それどころか、真顔で言ってのける英人は見惚れるほど妖艶で、宙はその表情ひとつにも下腹部を疼《うず》かせてしまう。

「腰《こし》を上げて。そうだよ、上手《じょうず》だね」

「っ……ふ」

後孔から指が抜かれ、負担を軽くするために腰の下にクッションが入れられた。全てを捧げる姿勢を取らされ、無意識に腰を引いてしまう。

「落ち着いて、宙。怖いことはしないから」

「あ……」

まだ行為に慣れない宙に、英人は優しく声をかけてくれる。

「呼吸を止めないで……うん、上手だよ。そのまま、楽にしてて」

片手は腰に、もう片方の手は宙の掌に重ねられている。英人のリードに身を委ねると、後孔へ熱いモノが挿《はい》ってきた。

指でたっぷりと焦《じ》らされたそこは、易々《やすやす》と英人の雄を銜《くわ》え込んでいく。

「——っ……んッ」

一気に根元まで挿れられ、宙は内側から伝わる刺激で軽く達した。

「俺の形、覚えた？」

「は、い」

「宙は偉いね。こんなに細い腰で俺を全部受け入れてくれて、嬉しいよ」

褒める英人の言葉に、宙も嬉しくなる。思わずきゅんと締め付けてしまうと、英人が掌でそっと臍《へそ》の辺りを撫でた。

「そんなに焦らなくていいんだよ。ちゃんと悦《よ》くしてあげるから」

「ちが……かってに、うごいちゃ……」

恥ずかしいことを言っていると気づいて真っ赤になる宙の頬に、キスが落とされる。

「あ、あの。英人さん」

「宙は可愛《かわい》いね」

唇が耳元に移動して、宙はくすぐったさにぎゅっと目蓋《まぶた》を閉じた。

すると艶《つや》を帯びた低い声と吐息が、宙の耳を刺激する。

「弱いところ、教えて」

「っ……」

自分の体は、もう十分英人の手で開発されていると思う。セックスの回数自体は少ないけれど、その一回一回が濃厚すぎて思い出す度にお腹の奥が疼くようになってしまっていた。

これ以上気持ちよくなるのは無理だと宙は思うけど、そんな考えを見透かしたように英人が続ける。

「もっともっと、宙には気持ちいいこと教えてあげるから……ね?」

大好きな人の声でねだられ、宙は半ば無意識に口を開いた。

「……おく、の……ちょっと、前のとこ……あっ」

「ああ、少し手前だね。この辺り?」

軽く腰を引き、カリが最奥の手前を押し潰す。開発された前立腺とはまた違った快感に、宙の腰がびくりと跳ねた。

そのままカリを襞《ひだ》に引っかけ軽く揺さぶると、英人は宙の弱点である奥を小突く。

「ひうっ」

緩く勃起していた宙の中心から、蜜が零れた。射精と言うには緩やかなそれがひどくもどかしくて、宙は涙目になる。

「英人さん、意地悪……しないで、ください」

羞恥に耐えながら訴える宙を慈しむように、英人が啄《ついば》むようなキスを繰り返す。

「焦らされるの、好きじゃなかったっけ?」

「そんなこと、ないです!」

「ごめん。でも意地悪で言ったわけじゃないからね」

目尻《めじり》にキスをして、英人が困ったように眉根《まゆね》を寄せた。こんな表情で言われたら、宙は全く勝てない。

「宙、俺にしてもらいたいこと、恥ずかしがらないで何でも言ってよ。俺は宙を気持ちよくしたいだけなんだ」

「……英人さんも言ってくれるなら。言います」

少し考えてからそう伝えると、驚いたように英人が目を見開く。なにか不味《まず》いことでも言ってしまったかと慌てたが、どうやら違ったらしい。

「やっぱり宙は素敵だ」

「どういう意味ですか……ひっ、ぁ」

「ココ、ぎゅってできる？　俺のモノ、抱きしめるようなイメージで」

繋がった部分を指でなぞられ、宙は彼の意図をくみ取って下腹部に力を入れた。

「は、い……ぁ、あ」

自分の中が英人に絡みつくのが分かる。その状態で動かれると、襞が隅々まで雄と擦《こす》れあい快感が増幅していく。

「英人さんこれだめ、きもちいいっ……ぎゅってすると……おくが……あっ」

「イイんだね？　苦しくなければ、このまま動くよ」

こくこくと頷くと、英人が両手で宙の腰を摑《つか》み激しく打ち付け始めた。

「ンッ……あ、いっちゃ……ぅ」

深い快楽が怖くて英人の背にしがみつくと、逞《たくま》しい腕が宙を抱きしめ返してくれる。

奥を捏《こ》ねられたり、不意打ちで突き上げてくる英人の雄に、宙はただ甘く翻弄された。

「好きなだけイっていいからね。宙の一番イイ時に——出すから」

「っん……ひでとさん……ッ」

ゴム越しと分かっていても、中に注がれる精液の感触を思い出して宙は腰を震わせた。期待で狭まった内部をかき分けるようにして、英人が最奥を先端で擦る。

「ひ、ぁ……——ぁ……」

達してもなお、英人は宙の中を張り詰めた雄でかき回す。

「……いっ、てるから……も……だめ……」

「でも宙の中は、もっとって言ってるよ」

「あ、ぅ」

きゅんと締め付けて痙攣《けいれん》する中を、英人がゆっくりと擦り上げた。身悶《みもだ》える宙を強く抱きしめ、英人が囁く。

「愛してるよ。俺の大切な宙」

＊＊＊＊＊

汗と精液で濡れた宙の体は丁寧に拭《ふ》かれ、素肌《すはだ》には柔らかな毛布が掛けられている。サイドテーブルには冷えたミネラルウォーターと、一口サイズに揃《そろ》えられたサンドイッチ。

全ては宙が快楽で奪われた体力を回復している間に、英人が準備してくれる。

動けないわけではないからそこまで気を遣わなくていいとお願いしているのだけれど、英人は笑顔で却下する。

「——俺、本当は英人さんと同じ舞台に立つのが、夢だったんです」

「え……」

ベッドに座ったまま、宙はぽつりと呟《つぶや》く。丁度ルームウェアに着替え終わった英人が、困惑した表情で振り返った。

「その夢を叶《かな》えるために、前の事務所でも頑張ってきました」

でもそれは、英人が役者を辞めてしまった今となっては叶うことはない。

「ごめん。その、俺は……」

「すみません。怒ってるとかじゃないんです。ただ、さっきの台詞を聞いたら、急に胸が苦しくなって」

英人がマネジメントに専念することは、納得している。けれどあれだけ素晴らしい役者が二度と舞台に立つことがないという現実が、俳優として、そして一ファンとして悲しくなるのも事実だ。

「それで、その……我《わ》が儘《まま》言ってもいいですか」

「うん！　何でも言って！」

何故か食い気味に頷いて顔を寄せてくる英人に、宙は戸惑う。けれどこの機会を逃したら、二度と言えない気がして勇気を振り絞る。

「……時々、というか気が向いた時で構いませんから。さっきみたいに、お芝居の台詞を言ってほしい……です。俺、英人さんのお芝居を生で観劇したの、あの一回だけだから……」

我が儘を通り越した無茶苦茶な頼み事だと自覚はあったけれど、返されたのは意外な言葉。

「いいよ」

「やっぱり、公私混同は駄目ですよね。……え？」

あっさり承諾されて、宙は理解が追いつかない。

これまでも英人は時間を割いて、宙の台本読みに付き合ってくれた。しかしそれはあくまで仕事の一環であり、舞台に慣れない宙を少しでも完璧な形に仕上げるためだと理解している。

でも今のお願いは、自分が生の台詞を聞きたいだけの、とても私的なものだ。

仕事でもないのにこんな馬鹿げた我が儘など一蹴されると思っていた宙は、ぽかんとして英人を見つめる。

「いいんですか？」

「愛《いと》しい宙の頼みだからね。俺が演じた役じゃなくても演《や》るよ」

「あ、ありがとうございます」

ファン心理としては、これ以上にない贅沢《ぜいたく》な我が儘を聞いてもらい、天にも昇る気持ちだ。

けれど事はそれで終わりそうにない。

「そうだ。これからは寝る前にベッドで台本読もうか？　ほら、絵本の読み聞かせみたいな感じで」

「……眠れなくなるから止めてください」

台本の読み聞かせなんてされたら、眠気なんて吹き飛んでしまう。嬉しい申し出だけれど、流石に辞退した。

「ああ、宙。さっきの答え聞いてない」

「え？」

「役者の俺と、今の俺。どっちが好き？」

大真面目に問われて、宙は返答に詰まる。

「どっち？」

——なんか、答えを間違ったら大変なことになりそう。

考え込む宙に、英人が満面の笑みで恐ろしいことを言う。

「俺はね、宙が望む姿を演じて生きていくことだってできるし、構わないって思ってる。そんなことで宙の愛が得られるなら、何だってするよ」

左手を取り、英人が指先に口づけた。大げさな物言いだが、彼が本気であるのは伝わってくる。

「英人さん。俺は役者である英人さんに心を奪われましたけど、愛してるのは今の英人さんです。だから演じて生きるなんて、言わないでください」

「宙……」

宙は英人の傍に寄ると、そっと口づける。初めて自分から送るキスは少し唇からずれてしまったけれど、目の前の英人はとても嬉しそうだ。

「これからも、役者として、恋人として……よろしくお願いします」

「ああ。俺の方こそ、よろしくね」

少し不器用で純粋な恋は、始まったばかり。

あとがき

はじめまして、こんにちは。高峰あいすです。この度は本を手に取っていただきありがとうございました。ルチル文庫様からは二十一冊目の本になります。

こうして続けられているのは読んでくださる皆様と、携わってくれた方々のお陰です。ありがとうございます。そして、いつも見守ってくれる家族と友人に感謝します。あ担当のH様。いつも長電話に付き合ってくださり、本当にありがとうございます。

「溺愛社長と怖がりな子猫」に続き、素敵なイラストを描いてくださった榊空也先生。ありがとうございます。表紙の宙が儚げ美人で、見た瞬間ひゃあっと嬉しい悲鳴を上げました！

今回は「溺愛社長と怖がりな子猫」に登場した佐神と宙のお話です。前作を読んでいない方にも、楽しんで頂ける内容かなと思います。訳ありの宙が、頑張って成長する物語となりました。

最後までお付き合いくださり、ありがとうございました。読んでくださった皆様に、少しでも楽しんでもらえたら幸いです。それではまた、ご縁がありましたら、よろしくお願いします。

高峰あいす公式サイト「あいす亭」http://www.aisutei.com/
ブログ「のんびりあいす」http://aisutei.sblo.jp/　ブログの方が更新多めです。

✦初出　極甘社長と迷える子羊……………………………書き下ろし
もう迷わない子羊は愛に溺れる……………書き下ろし

高峰あいす先生、榊空也先生へのお便り、本作品に関するご意見、ご感想などは
〒151-0051 東京都渋谷区千駄ヶ谷 4-9-7
幻冬舎コミックス　ルチル文庫「極甘社長と迷える子羊」係まで。

幻冬舎ルチル文庫

極甘社長と迷える子羊

2023年3月20日　　第1刷発行

✦著者	高峰あいす　たかみね あいす
✦発行人	石原正康
✦発行元	株式会社 幻冬舎コミックス 〒151-0051 東京都渋谷区千駄ヶ谷 4-9-7 電話 03(5411)6431[編集]
✦発売元	株式会社 幻冬舎 〒151-0051 東京都渋谷区千駄ヶ谷 4-9-7 電話 03(5411)6222[営業] 振替 00120-8-767643
✦印刷・製本所	中央精版印刷株式会社

✦検印廃止

ISBN978-4-344-85208-2　C0193　Printed in Japan